ハーレクイン文庫

小さな奇跡は公爵のために

レベッカ・ウインターズ

山口西夏 訳

HARLEQUIN
BUNKO

THE DUKE'S BABY

by Rebecca Winters

Published by Harlequin Japan, a Division of K.K. HarperCollins Japan, 2024

小さな奇跡は公爵のために

◆主要登場人物

アンドレア・ファーロン……………〈シャトー・デュ・ラック〉に滞在する女性。
リチャード・ファーロン……………アンドレアの亡夫。大学教授。
ランスロット・マルボア・デュ・ラック……次期公爵。元軍人。愛称ランス。
ジョフォア・マルボア・デュ・ラック……ランスの父。公爵。愛称ジェフ。
オデット…………………………ジェフの元再婚相手。
コリンヌ…………………………オデットの娘。
アンリとブリジット…………………デュ・ラック家の執事夫妻。

1

〝そのときランスロットは欲しいものをすべて手に入れた。王妃が彼にそばにいてほしい、愛してほしいとみずから告げたのだ。王妃は彼の腕の中に、彼は王妃の腕の中にいた。口づけをし、愛撫《あいぶ》を交わすとき、その戯れのあまりの甘さ、心地よさゆえに、二人は初めて知る、えも言われぬ喜びに満たされた〟

深まる夕闇《ゆうやみ》の中で文字がかすんできて、アンドレア・ファーロンはため息をつき、読んでいた本を閉じた。かえってそれでよかった。心が乱れるほど美しいその物語を読みつづけるのはつらかったから。

たぶんもう二度と読むことはないわ。

フランスの詩人、クレティアン・ド・トロワがランスロットの物語を書いたのは一一七一年のことだが、この有名な騎士がアーサー王妃グィネヴィアに捧《ささ》げる愛の描写は、今読んでも感動的だった。

円卓の騎士の第一人者だったランスロットに、これほど熱い思いを抱かせたグィネヴィアをうらやましく思わない女性がいるだろうか。女ならだれでも、こんなふうに身も心も焦がすほど強く愛されてみたいときっと思うはずよ。

私ったら、キリスト教世界の偉大な騎士に夢中になっているわ。アンドレアはそんな自分に憤慨し、三カ月前に埋葬した夫リチャードにまた思いをはせた。

「もし私に子供が産めたら、あなたはもう少し愛してくれたのかしら?」彼女は心の中で涙した。

夫の葬儀をすませると、アンドレアは悩み多かった結婚生活を幾度となく振り返った。思いがけず私が不妊症になったことがこたえて、彼の気持ちは簡単に冷めてしまったのだろうか。

二人が生涯の愛を誓ったとき、リチャードは三十一歳、アンドレアはまだ二十一歳だったから、結婚してすぐ不妊症の問題をかかえるとは思いもよらなかった。

アンドレアのいとこも子供はできなかったが、そのために夫と不仲になることもなく、養子を二人もらっていた。だがリチャードは、他人の子でなく、自分の血を分けた子供を欲しがった。

夫のそんな気持ちを知っていたから、アンドレアはそれ以上強く言わなかった。しかし、そのころから二人の関係は微妙に変化した。夫はよそよそしくなり、仕事に没頭し、妻の心の痛みには気づかないか、かかわり合いにならないようにした。それというのも、彼自身の心の痛みが大きすぎたからだ。

愛を交わすことも自分からは思いつかないようで、昨年になると、夫というよりも友達のようにふるまい、アンドレアがやむをえず自分から誘ったときだけ、ベッドをともにしてくれた。

この悲しみはいずれ終わる、一時的なものだとアンドレアは思っていた。そのうち、彼も本当に子供が欲しくなり、養子をもらうことを考えてくれるだろうと。

しかし、そのときは決して訪れなかった。今となってはもう遅すぎた。

ああ、リチャード……。

アンドレアの頰を熱い涙がつたう。

叔母は〝きっといつかまたいい人と出会って、その男性があなたと結婚して、子供をもらってくれるわ〟と言ってくれた。

そんなことがありうるとは思えなかった。リチャードとの結婚で満たされなかったほかのこともアンドレアは覚えていたからだ。十歳の年の差ゆえ、予想もしていなかったことで、彼女は苦しんだのだった。

夫の住む学問の世界には優秀な男女があふれていた。彼に子供を産んであげられなければ、私はほかになにを与えてあげられただろう。

どうしてあの人は私なんかと結婚したのだろう。

そう思ったとたん、アンドレアは悲しみのあまり、自分が狭量な考え方におちいっているのに気づいた。数週間前から食欲もなくしていた。

三十七歳という年齢はリチャードにとって死ぬには若すぎた。こんなに早く夫を失い、二人で家族をつくる夢も断たれ、アンドレアは悲しみに打ちひしがれていた。彼女はそれまで寄りかかって休んでいた木のそばから立ちあがった。

夫の最後の仕事となったアーサー王伝説の研究を仕上げる気力を取り戻すには、じゅうぶんな睡眠が必要だ。あと二日かけて、雄鹿《おじか》か猪《いのしし》をカメラにおさめたら、もう写真は完璧《かんぺき》だ。残念ながら〝湖の乙女〟には出会わずにアメリカに帰ることになるが。

結局、ブルターニュには一週間近くいたことになる。ブロセリアンドの森は、日が暮れると魅惑的な世界に変わることはもう知った。ここは、樺《かば》の木や栗《くり》の林の中をのんびりと歩く森の生き物たちだけが知っている静かな秘密の世界なのだ。

アーサー王伝説の登場人物たちが、今にもこの魔法の舞台にこっそり現れて、彼らの物語をささやいてくれそうだった。

アンドレアがカメラのストラップを肩にかけたとき、下生えが風に吹かれて、さらさらと音をたてたような気がした。あるいは、森の動物だったかもしれない。彼女の想像力は数時間前からフル稼働していた。

薄気味悪くなって、アンドレアはあたりを見まわした。

「まあ」

単に〝湖《ル・ラック》〟と呼ばれる梨《なし》の形をした湖の端にある樅《もみ》の木立の中から、迷彩服を着た男が出てきたのだ。

男はしなやかで強靭《きょうじん》な体全体から動物のようなエネルギーを発していた。ナイフか銃を手にしていたとしても驚かなかっただろうが、長身の体そのものが凶器だとアンドレアは感じた。たぶん、眠るときも片目は開けて寝るのだろう。

もし私のあとを追ってきたのなら、生まれ持ったレーダーを使って動いているんだわ。アンドレアはぞくっとした。

男の彫りの深い骨張った顔は、フランスでは感じることのない熱帯の太陽で金色に日焼けしていた。黄昏《たそがれ》の中で、鋭い青い目をしているのがわかる。その目は、黒い眉と短く刈りこんだ黒い髪の下で、アンドレアをじっと見ていた。

これほど美しい男性にアンドレアが出会ったのは初めてだった。

正気とは思われない一瞬、彼女は、男が輝く甲冑《かっちゅう》を身につけ、降りそそぐ光の中で王妃グィネヴィアの前にひざまずく光景を思い浮かべることができた。ところが、その幻想を打ち砕くかのように、男がざらついた低い声で言った。

「ここは立ち入り禁止だよ」まずはフランス語で、次に訛《なまり》のきつい英語で。

男の声に感じられる敵意に、アンドレアは不意を突かれた。これは騎士道を身につけ、変装している若き王子などではない。〝こんばんは《ボンソワール》〟も〝失礼ですが《ジュメクスキユーズ》〟もない。アンドレアはこわくなった。

たぶん三十代なかば、そして強烈に男性的なその人物は、まるで個人的に気に入らないことでもあるかのように彼女をにらみつけた。

アンドレアは手にしていた本を握り締めた。「私、ここにいるための許可はもらっているのよ」

男は眉をひそめ、次の瞬間、アンドレアのカメラを奪い取った。あっという間のことで防ぎようがなかった。彼はカメラケースのストラップを手首に巻きつけて、奪い返されないようにした。もっとも、アンドレアにそのつもりはなかった。この人は私が考えつきもしない行動まで読んでいる。

「ここにいるための許可はだれにも与えていない。君が何者であれ、出ていってもらいたい」

「ここの管理人が野生動物の写真が撮れる場所を教えてくれたのよ」

男は顎をこわばらせた。「カメラは明日の朝、門番に返してもらえばいい。もし君が嘘《うそ》をついているなら、二度とこのあたりをうろつかないほうが身のためだろうね」

男がアンドレアの顔と体にもう一度厚かましい視線を走らせると、彼女は自分が女であることを、そして女らしい体つきをしていることを意識させられた。しかし、ほかの男と違って、彼はそんなことはうれしくもなさそうだった。実際、まったくその逆のようだった。

「いいね、警告しておいたよ」男はそう付け加えて、優雅と言っていいほど静かに立ち去り、木立の中に消えていった。

男の冷たい声と、なに一つ見落とさずに体を値踏みされたことにまだぞっとしながら、アンドレアはしばらくその場に立ちつくしていたが、やがてシャトー・デュ・ラックへと戻っていった。こんな時間までここにいるべきではなかったのだ。夜が訪れるのは早く、生い茂った下生えの中の道は見えにくかった。

デュ・ラック家の広大な敷地の見取り図を急いで描《か》いてくれたのはシャトーの管理人だったが、彼は、夜の警備員がほかにいるようなことは言っていなかった。でも、たぶん、日が暮れてからも、アンドレアが外で写真を撮るとは思わなかったからだろう。

とはいえ、さっきまで彼女がしていたことは、もちろん写真撮影ではなかった。ランスロットの物語を、彼が実際に育った森の中で読むことにはなにか魅力があり、それに魅了されて、つい幻想にひたっていたのだった。

思いがけずこわい男に出会って興奮したせいか、アンドレアの胸はいつまでもしずまらなかった。十三世紀初頭に建てられたシャトーの正面玄関へと続く砂利道まで来たときには、急に力が抜けて、一息つくために立ちどまらなければならなかった。

早く帰り着きたい一心で深い森を走り抜けてきたが、円塔のある三階建ての館《やかた》は見とれるほどすてきだった。建物の中からもれる明かりに、壁材の片岩にうめこまれたざくろ石が深紅の光を放っている。まるで暗い森の中で輝いている秘宝に思いがけず出会ったかのようだ。

アンドレアは壮麗な玄関広間に入り、広い階段を三階の自分の部屋へと急いだ。正面玄関は毎晩十時に鍵《かぎ》をかけると執事頭のアンリが言っていた。それまでは、このシャトーで生まれ育ったデュ・ラック公ジョフォア・マルボアの命により、彼女は自由に出入りしてよかった。

その清廉で気品のある城主は今、肺炎と闘っている。悪い流感から肺炎になってしまったのだが、それでも親切な彼は、アンドレアに滞在を続けるようにと言ってきかなかった。家政婦のブリジットによれば、めったに使わない緑の間にアンドレアを泊めるように公爵は命じたらしい。ブリジットがドアの鍵を開けてくれると、その部屋に特別な意味があるのは一目瞭然《りょうぜん》だった。

天井と壁には淡いグリーン地に、ランスロットとグィネヴィアの等身大の絵がいくつも描かれていた。二人の逢い引きの場面を、十四世紀の画家が一年間、月を追って描いたものだ。燦然《さんぜん》たる色彩は今も鮮やかで、描かれたばかりのように見えた。

最初の夜、アンドレアは大きな円形ベッドに横たわり、美しい二人の恋人を眺めるために体の向きを変えてばかりいた。ランスロットのようにすてきな男性は今の世の中にはいないと思ったのを覚えている。

ところが、今夜、その部屋に入っていくとき、彼女が思い浮かべていたのは、あの厚かましい男の姿だった。部屋のどこに目をやっても、自分をまっすぐ見つめている男らしさの典型が描いてあるというのに、あの男のことは頭から消えてくれそうもなかった。

まず着替えをして、それから一階に下りていき、ロールパンかなにかつまもう。ちゃんとした食事をする気にはなれなかった。もし公爵の容態が悪くなっていなければ、ようすを見に行って、おやすみを言おう。

アンドレアが公爵ほど親切で気のおけない人物に出会ったのは初めてだった。格式張ったところがなく、彼女にもジェフと呼ぶようにと言ってきかなかった。復活祭《イースター》の休暇中に来たときも、アンドレアの夫の研究に格別の関心を示し、協力を惜しまないと言ってくれた。そして今、病気でありながらも、彼女にいつまでも好きなだけゆっくりしていくようにと言ってくれているのだ。

二人で話をしていてわかったのだが、公爵には社交上の付き合いが多く、公務や環境問題にも積極的に取り組んでいるらしい。最初の妻との間にできた一人息子は今は離れて暮らしている。再婚は失敗に終わり、その女性の連れ子だった娘は、旅行に出かけるとき以外はこのシャトーに住んでいるという。明らかに彼は寂しい思いはしていないようだ。アンリによれば、来客が絶えることはなく、それは公爵がいかに人々に好意を持たれているかの証拠だった。

しかし、アンドレアがシャトーに来てから彼はずっと床にふせっていて、容態は三日前から悪化していた。看護師が昼夜付き添い、医師も日に二度は往診に来ている。

アンドレアは、できることがあればなんでもしてあげたかった。人生の盛りにあった夫を脳血栓で失ってから、彼女はほかの人の病気を深刻に受けとめるようになっていた。

一日中着ていた服を、それも窮屈なジーンズを脱ぐと、体が楽になった。ジーンズはこの旅行の前に買って一度はいただけだった。きっと洗濯で縮んだのだろう。

彼女はクリーム色のブラウスと茶色の巻きスカートを取り出し、新しい下着をつかんで、近代的にリフォームしてあるバスルームに入っていった。早くシャワーを浴びて、髪についた樅の葉を洗い流したかった。

あとで二階の公爵の部屋に行くとき、アンリを見つけて、森であったことを話そう。アンリなら問題を解決し、カメラを返してもらえるように図ってくれるだろう。

ランス・マルボアは、父の愛犬パーシーの耳の裏をしっかりかいてやってからベッドに近づいた。「父さん、起きているかい？」

父親がまぶたを開くと、どんよりしたグレーの目がのぞいた。今回の病気のせいで、いつもの目の輝きがない。だが、信じられないように息子を見ているうちに、その目が生気をおびた。「ランス……」

ランスはどきりとした。父の声にまったく元気がない。もし酸素吸入をしていなければ……。

「いつ帰ってきたんだね？」父はやっとのことで尋ねた。

「ちょっと前だよ。よく眠っていたから起こしたくなくて少し散歩をしてきたんだ」ランスは父の手を握り締めた。「どうしてこんなに病気がひどくなるまで知らせてくれなかったんだ？　どうしてアンリから聞くはめになったんだい？　僕はもっと早く帰ってきたのに」

「まだ肺炎にはなっていなかったんだよ。急に悪くなったんだ。だが、ゆうべよりは楽になった」父は少し咳《せき》をしてから尋ねた。「今度はどれくらいいられるのかね？」

ランスは大きく息を吸った。「ずっといるよ」

思いがけない知らせに、父は顔を輝かせた。「本当かね？」頭を枕《まくら》から上げようとするのを息子がやさしくなだめた。

「除隊してきたんだ。もう終わったんだよ」

「この日が来るのをどんなに待っていたことか」父は咳の発作に見舞われた。「おまえが心身ともに健康なうちに帰ってくるように、いつも祈っていたんだよ。私の祈りが神に通じたのだ」

父が目にしているのはかつての息子の抜け殻だった。その中に今なにがあるのか、ランスは知ってほしくなかった。

父は涙してほほえんだ。「私は夢を見ているんだろうか？」

ランスは胸がいっぱいになった。「夢じゃないよ、父さん」

そもそもランスがここから逃げ出した理由は、もうどうでもよかった。あのあと彼の人生には衝撃的な出来事があった。しかし、地の果てに住もうが家にいようが、そのことから解放される日は決して来ないのだ。せめてここでは父の役に立てる。

「父さんは眠る必要があるって看護師さんが合図をしているよ。僕はもう退散するから、少し休んだほうがいい」

「まだ行かないでくれ」

「ちょっと使用人たちに挨拶《あいさつ》してきたいんだ。だけど必ず戻ってきて、今夜はずっとそばにいるよ。パーシー、おまえも寝ずの番をしてくれるね」

犬は返事代わりに、うなった。

ランスが入隊する二年前、父は森で死にかけている雑種の子犬を見つけた。心ない人が捨てていったのだろうが、父はその犬をシャトーに連れ帰り、面倒を見た。それ以来、父とパーシーはどんなときもいっしょだった。

「廊下の先の自分の部屋を使っているのかね?」

「そうだよ」

「実は……」また咳のために言葉がとぎれる。「客が来ているんだ」

ランスは顔をしかめた。「だれかシャトーに泊まっているって?」

「そうなんだ」父は話を続けようとしたが、また咳の発作に襲われた。

ランスに言わせれば、それがだれであれ、帰ってもらう必要があった。寛大な父はだれにも〝ノー〟と言えない。父の再婚が立派な証拠だ。今は病気がひどくて、どうするのが自分にとっていいのかわかっていないのだ。僕がもっと早く帰ってきて、管理にあたるべきだった、とランスは思った。

ランスは父の頬に口づけをし、看護師にうなずいてから部屋を出て、父に献身的に仕えてくれているアンリをさがしに行った。アンリは玄関で戸締まりをしているところだった。

ランスはアンリに右側から近づいた。この執事頭は左耳が聞こえない。若いころ馬の飼育係をしていたのだが、あるとき狩猟事故が起きた。退院したアンリを、ランスの父はシャトーに連れてきて面倒を見た。以来、アンリはずっと住みこみで働いている。

「シャトーにだれか泊まっているそうだね、アンリ」

年配のアンリは振り向き、うなずいた。「はい。マダム・ファーロンです」

ランスは眉をひそめてアンリの目をさぐるように見た。「だれか特別な客かな?」

「緑の間にお泊めするように言いつかりました」

ランスは唖然《あぜん》とした。緑の間は、そこにある貴重な品の保全のため、客は近寄らせないのが常だった。ということは、六十七歳になる父は恋をしているのかもしれない。たとえそれが父にふさわしい女性だとしても、父は深入りしすぎだ。父が女性の存在を明かさなかったのは意外だが、再婚の失敗があるので、息子の反応が心配だったのだろう。

「知り合って長いのかな？」

「イースターのとき初めてお会いになりましたが、シャトーにいらしてからまだ一週間です」

イースターのとき、ランスは半日休暇がとれたので家に帰ってきた。しかし、そのときはそんな話は聞かなかった。

一週間もあれば、誘惑されるのにじゅうぶんだ。ランスは歯ぎしりした。その女は父をどういうふうに手玉にとっているのだろう。ランスの母を亡くして追憶にひたっていた父が再婚したのは、四十代なかばを過ぎてからだった。

そのお粗末な再婚は一年と続かなかったが、父の心に傷を残すにじゅうぶんだった。

ランスは急に不安になった。「その客について、君の意見は？」

「お父様にとてもよくしてくださっています」

そんなほめ言葉を、思慮分別の手本のようなアンリから聞かされようとは。明らかに彼もだまされているのだ。

「コリンヌが最後にここにいたのは？」

「先月でございます。今はオーストラリアにご旅行中です」

ということは、コリンヌはこのことと関係ない。

ランスはアンリの肩を軽くたたいた。「いつも父によくしてくれてありがとう。これからは僕がずっと家にいるから、心配事があったらなんでも相談してほしい」

アンリは笑顔になった。「よくぞ帰ってきてくださいました。お父様はこの日を心待ちにしていらしたのですよ」

もしブリジットが起きていれば、父を食いものにしようとしているその女についてくわしいことを聞かせてくれるのだが。夫のアンリと違って、家政婦のブリジットは気がねなく自分の意見を言ってくれる。

長い間、家を出ていたためにランスが感じていた自責の念は、怒りのために影をひそめた。またしても有害な女がすでに同じ屋根の下で、父の三番目の妻になるのをねらっているのだ。

ランスはなにか飲みたくなって、とりあえずコーヒーを飲もうとキッチンに向かった。もっと強いものが飲みたかったが、傷の痛みをやわらげるには、酒よりも痛み止めのほうが効くだろう。しかし、どんな薬も酒も、夢を打ち砕かれた彼の苦悩を癒《いや》すことはできなかった。

アンドレアは、ここに来た最初の日に、いつでもキッチンに来て好きなものを食べていいと言われていた。料理人は気にしないから、とブリジットが言ってくれた。

言われたとおり来てみると、ガラスの容器に焼きたてのブリオッシュがいくつか入っていたので、石の床にパンくずをこぼさないように、流しの前に立って一つつまんだ。コーヒーもフルーツジュースも飲みたくないので、結局、水道の水を飲んだ。

彼女が爪先立ってグラスをラックに戻そうとしたとき、キッチンのドアが開いて、だれかが入ってきた。ブリジットが公爵のために蜂蜜《はちみつ》入りの紅茶を用意しに来たのだろう。

「今夜はジェフがよくなっているといいけど」アンドレアは肩ごしに声をかけた。

「その奇跡が起きるのをみんな待っているのさ」

アンドレアの動きが一瞬、とまった。

強いフランス語訛のあるこの低い声は……たしかに聞いたことがある。それもほんの少し前に。

急に動悸《どうき》がしてきて、アンドレアがあわてて振り向くと、森で出会った男がそこにいた。

振り向いた拍子に、金色がかった茶色の髪が肩のまわりでふわりと舞って、また元に戻った。

男は鋭い視線をアンドレアの体にあますところなく走らせてから、ベルベットのように深みのある茶色の目をのぞきこんだ。さっきの女だとわかると、彼の青い目がきらりと光った。

彼はひげも剃《そ》らず、まだ迷彩服のままだった。襟元からのぞくブロンズ色に日焼けした首に、細長い傷跡が白くめだっていた。薄暗い森の中では気づかなかったものだ。どうしてそんな傷を負ったのか考えるだけでも、アンドレアの背筋はぞくっとした。

彼女の勘があたっていれば、男はさっき出会った侵入者がこのシャトーにいて、勝手になにか食べているのを見てうれしくないのだ。

「何者だね、君は？」男は、すでに過敏になっているアンドレアの神経を逆撫《さかな》でする声で尋ねた。

「アンドレア・ファーロンよ。ジェフに客がいることを、管理人はあなたに言い忘れたようね」

男はコーヒーメーカーのコーヒーをついで、カップの縁ごしにアンドレアをじっと見ながら数口飲んだ。その目つきは無礼であると同時に大胆だった。恥を知らない男だわ。

アンドレアは目をそらした。「私のカメラは門番に渡したの？」

「いや」にべもない返事が返ってきた。「あとで直接返す」彼は残りのコーヒーを飲みほし、カップを流しに置いた。

「それは明日の朝でいいわ。私はこれで失礼して、ジェフのようすを見に行きたいから」

「まだだめだ」男がぼそりと言った。そしてアンドレアが気づく間もなく、彼はドアと彼女の間に立ち、逃げられないように彼女の手首をつかんでいた。

「どうしてこんなことをするの！」アンドレアは叫んで手を引き抜こうとした。しかし、身長百六十五センチ、体重わずかに五十四キロの彼女は男の相手にもならなかった。

「それはまさしく僕がききたいことだ」男は噛《か》みつくように言って、がっしりした体のぬくもりが伝わってくるところまで彼女を引き寄せた。「なんだね、君は？　もうすぐ七十歳の彼に対して、やっと二十二歳か？」

　彼がなにを言いたいかに気づくと、あまりのばかばかしさに、アンドレアはふと笑わずにいられなかった。「そんなことは使用人が干渉することじゃないけれど、ジェフと私は友達なの」

「きっとそれ以上になりたいんだろうね」男は体がぴったり合わさるまでアンドレアを引き寄せた。彼女の体が急に熱くなる。こんなことになるなんて信じられない。アンドレアはうめいた。

「あなたはだれに頼まれてジェフの番犬をしているの！」アンドレアはそう叫びながら、男の長いまつげとセクシーな口元のしわは言うにおよばず、一つにまじり合う二人の息を意識しすぎるほど意識していた。これほど魅力的であり、同時に、無礼なことをする権利はどんな男にもないわ。

「彼の再婚は最初から間違いだったんだ」男の目が怒りをこめた悲しみに曇るのがわかった。「孫ほどの若い女と彼が三度目の結婚をするのを僕が黙って見ていると思ったら、とんでもないね」

彼はアンドレアを追いつめすぎた。アンドレアはけしかけずにいられなかった。「年齢はやさしさや愛情ほど重要じゃないときもあるわ」

男はおもしろくもなさそうに唇をゆがめた。「とくに遺産をねらっているときにはね」

「だから、あなたはここで働いているの?」アンドレアは嘲笑《ちょうしょう》的にほほえんでみせた。

「なにかもらえると期待して?」

その言葉が口をついて出たとたん、彼女は後悔した。男を突き放そうとしたが、無駄だった。

「もちろんさ……君さえその気なら」彼はものうげに応じた。

アンドレアの全身に恐怖が走った。逃げるにはもう遅かった。近づいてくる唇を避けることはできなかった。

不意を突かれてあえぐと、男がキスを深めてきた。あまりに濃厚なキスに、アンドレアは呆然《ぼうぜん》となった。男によって呼び覚まされた快感にめまいがして、一瞬、脚から力が抜けた。

彼女はくずおれないように思わず男にしがみついた。だが、その瞬間、男が彼女の両腕をつかんで、体を引き離した。

アンドレアが息を切らして取り乱している間、男はそこに平然と立ち、憎々しげに笑っていた。彼女は心底、腹が立った。

必死の思いで男を突き放し、その勢いでころびそうになりながら、アンドレアはキッチンから逃げ出した。安全なジェフの部屋に早く行きたくて、玄関広間を走り抜け、階段を駆けあがった。

2

新しい看護師が夜勤で来ていた。看護師はアンドレアを見て笑顔でうなずいた。患者が夜の見舞いに耐えられるということだ。

ベッドに近づきながら、ジェフがよくなっているのがわかる。酸素吸入はもうしていない。

アンドレアはキッチンであったことのせいでまだ動揺していたが、ジェフのそばに椅子を引いていき、彼の腕にそっと触れた。

「ジェフ、私よ。アンドレアです」

ジェフが目を開けた。その目には前より力があった。本当によくなってきているんだわ。こんなうれしいことはない。

「息を切らしているみたいだね、アンドレア」

今のような状況では、罪のない嘘《うそ》をついてもだれにも迷惑はかからないだろう。「帰ってきたばかりなんです。早くあなたの顔を見たくて」

ですよ」

「来てくれてよかった」ジェフはアンドレアの手を軽くたたいた。「いい知らせがあるん

「きっとお医者様にもう大丈夫だと言われたのね」

「気分がいいのはたしかだが、これはそれとは別でね。ようやく息子が帰ってきてくれたんだ。息子のことも、彼の仕事のことも機密扱いだったので、これまでは話すわけにいかなかったが、これでもう言える。息子はこれまで十年間、軍の精鋭部隊《エリート》に所属し、世界各地で仕事をしていたんだ」

アンドレアがはっと息をのんだ。ジェフの一人息子にすでに会っていることに気づいたのだ。彼がまるでこの家の主《あるじ》のようにキッチンに現れたのも不思議はない。敷地内に彼がいたことも説明がつく。

フランスのエリート部隊は特殊部隊よりもさらに危険なことをするのだろうか。キッチンでの野蛮な行為は、あまりに長い間、言語に絶することばかりしてきたせいともとれる。

「ついさっき、息子にまた会えるのだろうか、それもできれば五体満足で、と考えていたら、本人がこの部屋にやってきて、国のために最後の仕事をしてきたと言ったんだ。もう終わったんだよ。ありがたい。これでやっと息子とコリンヌは結婚できる」

「コリンヌって？」

「私の再婚相手だった女性の娘だ」

アンドレアは目をしばたたいた。連れ子どうしで結婚することもあるのだろうが、彼女にはぴんとこなかった。

「コリンヌは最初から息子を望んでいたんだ。これで私にもやっと孫ができる。コリンヌも、もうすぐ旅行から帰ってくるはずだ」

結婚すれば、ジェフの息子のように手に負えない男性でも、少しは家庭的になるのだろうか。アンドレアには考えられなかった。

「本当によかったですね」アンドレアは立ちあがった。そこに冷静に座って、今夜知った意外な事実をすべてのみこむことはできなかった。ジェフにしても、自分の息子があんな手荒な形でアンドレアに強引にキスするのを見たら、肝をつぶしただろう。

「あなたにも、息子に会っていただきたい」

「もう会ったよ、父さん」聞こえてきた怒りっぽい声はまぎれもなく、あの男のものだった。彼はちょうど部屋に入ってきたところだった。アンドレアはあえぎ声をのみこんだ。

「湖にいるのを見つけたんだ」

「それなら、たぶん、もうおまえも知っているだろうが、アンドレアは本当にかわいそうな思いをしてきたんだよ、ランス」

ランスが彼の名前なの？

ランスロット・デュ・ラック――湖のランスロット？

「残念ながら、私たち、たいして話はしなかったんです」アンドレアは口をはさんだ。二度にわたる彼との個人的な対決中になにがあったか考えたくもなかったし、ジェフを傷つけたくもなかった。世の父親の例にもれず、彼も息子の将来には大きな望みを託している。悲しませるようなことはしたくなかった。「彼があなたのそばにいたいのはよくわかります。お二人で積もる話もあるでしょうから、私はこれで失礼して、また明日まいります」

「きっとだね？」

「ええ。さあ、どんどんよくなってくださいね」

アンドレアはジェフの腕を握り締めてから、青い二つの非難の目を背中に感じつつ、逃げるように部屋から出ていった。

安全な自分の部屋に着くまでに、このシャトーに泊まるのは今夜を最後にしようと彼女は心に決めていた。

それは、ランスロット・デュ・ラックに恥知らずな扱いを受けたからではない。ジェフに対して下心があると勝手な憶測をされたからでもなかった。ジェフのようにたぐいまれなる男性は、多くの女性に関心を持たれるだろう。彼の金や爵位を手に入れたいと考える不謹慎な女性も一人や二人はいるだろう。当然、息子としては父を守ろうとするはずだ。

しかし、それが理由ではなかった。

アンドレアがここを去る必要があるのは、自責の念に根ざしていた。

彼女はクローゼットからスーツケースを取り出し、服を詰めはじめた。明日の朝、ジェフの部屋に立ち寄り、彼のもろもろの親切に礼を言って別れを告げよう。それがいちばんいいのだ。

ジェフの厭世《えんせい》的な息子を異性として意識するのは、リチャードの思い出に対する完全な冒涜《ぼうとく》としか思えなかった。しかもその男性は、彼女が知りたくもない経験によって、肉体的にも比喩《ひゆ》的な意味においても傷を負っているシニカルな男であり、わざわざ危険な場所で生きることを選んだ男だった。そして、たぶん世界のあちこちで大勢の女性と浮き名を流したあげく、結婚するために家に帰ってきたのだ。

夫を亡くしてまだ三カ月だというのに、アンドレアは不本意ながらも、野蛮な行為以外なにも見せていない初対面の男に、今夜二度も心を引かれている自分に気づいた。

今でも体に触れる彼の手を感じることができる。唇をむさぼる彼の口を感じることができる。そのすべてが冒涜だったが、傷つけられたという思いはなかった。彼女が驚いたのは、むしろ彼の行動の、厚かましいまでの意外性だった。

そして、もちろん、自分が無意識のうちに彼の男性的な魅力に反応してしまったことにも驚いた。しかし、それは決して許されないことだ。

アンドレアが亡き夫に初めて会ったのは、フォトスタジオで働いているときだった。当時、リチャードが執筆中だった本にアートワークを入れることを提案したところ、大学教授の彼がそれに関心を示してくれ、彼女はうれしかった。

リチャードはアンドレアに彼の世界をのぞかせてくれた。彼女はよき聞き手であり、できることはなんでも協力した。大学を出ていない彼女はリチャードを尊敬し、彼の中の詩人を称賛した。二人の交際は結婚へと進展した。リチャードはやさしい恋人だった。

リチャードの死によってできた心の空白をうめるために、アンドレアはもう一度フランスに来て、彼の遺稿におさめるアートワークをそろえていた。仕事こそ、彼女が知っているすべてだった。それなら、リチャードと正反対の、失礼で危険きわまりない元軍人に対する自分の反応をどう理解すればいいのだろう。

もしかしたら、これは今、私が受けているホルモン療法の症例の一つかもしれない。夫を亡くした妻の性的欲求について言われていることがもしかして本当だったら？　もしそうなら、なんて恥ずかしいの。なんておぞましいの。

アンドレアが逃げ出そうとしてあわてて席を立ったとき、それまで座っていた椅子の脚がランスのブーツの先にあたった。あのふるまいとしぐさのすべてに、化けの皮をはがされた女のやましさが出ていたではないか。

きれいな体つきと、その体にふさわしい美人であることは、不本意ながら認めよう。父の視力はまったく問題ないのだが、女性に関する限り、判断力が欠如しているのが問題だ。

女というのは信用してはならないのだ。

ランスはその椅子をベッドのそばまで押していって、父の枕元《まくらもと》に腰を下ろした。

「彼女がかわいそうだというのは、どうしてだい、父さん?」ランスは前置き抜きで尋ねた。

父は愛情をこめて息子を見た。「おまえがイースターの休暇でちょっとだけ帰ってきたとき、アメリカ人の教授に会わなかったかな? うちの図書室で仕事をしていたんだが」

ランスは父のようすを見に数時間だけ立ち寄ったときのことを思い出した。「客が来ているとアンリが言っていたし、姿を見かけたのは覚えているけど、たいして気にもとめなかった」

父はまたひとしきり咳《せき》をしてから続けた。「ファーロン教授はアメリカのエール大学で中世文学を教えていて、その研究のためにブルターニュに来ていらしたんだよ。奥さんのアンドレアとホテル・エクスカリバーに泊まっていた」

あの女が人妻だって? 指輪はどの指にもしていなかったが。

「モーリスから電話があって、うちのコレクションの手稿を彼のホテルの宿泊客に見せてもらえないだろうかと頼まれたんだ。ファーロン教授はアーサー王伝説についての研究書を何冊も出していて、その分野の権威と称される人物だった」

「それで、もちろんイエスと言ったんだね」ランスは茶々を入れたが、目は笑っていなかった。父が人妻と関係を持っていると知って、彼の胸は締めつけられた。

「教授が『湖のランスロット――決定版』を執筆中だと知って、断れるわけがないだろう」

それならランスもいろいろと聞いたことがある。物書きになりたい者はだれでも、この有名な騎士を題材にした決定版を書いてみたいのだ。

「夫妻がアメリカに帰って一カ月ほどたったとき、アンドレアから手紙が届いた。パリから空路、帰国したあと、突然、教授が脳血栓で倒れ、亡くなったと書いてあった」

なんだって?

「ここに来て図書室を見せてもらったことをアンドレアは感謝していた。それが旅の最高の出来事だったと教授は言っていたらしい。当然、私は彼女の不幸を悼み、花を贈っておいた。そして、もしまた来たければ、いつでも歓迎すると書いておいた。うれしいことに二週間前に返事が来て、ここに来て、森で写真を撮ってもいいだろうかと書いてあった。教授の遺作に写真をあと何枚か入れたいのだそうだ。言っておくがね、ランス、もし私に娘がいたなら、彼女のような娘が欲しかっただろうよ」

娘か。

ランスの思考は完全に逆戻りをしなければならなかった。急にいろいろなことがはっきりしてきた。たとえば、なぜ父が彼女を緑の間に泊めたかが。緑の間はだれにも、コリンヌにすら、父は使わせなかったのだ。

「アンドレアにはおまえの母さんと同じやさしさがある」息子のショックに気づかずに父は続けた。「非常にまれなる性格だ」

実際、非常にまれだからこそ、キッチンでの激しいやりとりの間も、そんなやさしさに僕はちっとも気づかなかった。もっとも、そのあとで僕は彼女がしてもいないことを理由に懲らしめようとして、下劣な本能に翻弄されてしまったのだ。

いずれにせよ、獣のようにふるまう権利は僕にはなかった。

「アンドレアはアメリカに戻りしだい、ご主人の業績を讃《たた》えるために、その本を出版してもらうつもりらしい。せっかくおまえが帰ってきたんだから、私たちだけが知っている意味深い場所を見せてやってくれないか。彼女がここに来てから私はずっと病気で、なにもしてやれなかった」

ランスはうつむいて、首のうしろをもんだ。これまで自分がとった不埒《ふらち》な態度を思うと、彼女がもう一度、口をきいてくれるとは思えなかった。

それに、キッチンでの行為をいったいどういうふうに弁解すればいいのだろう。自分でも理解できないというのに。

明らかに、僕はかたくなな生き方をするようになってしまったようだ。文明社会がますます無縁なものになりつつある。どうやら父が住んでいる世界にはもうとけこめなくなっている。

ランスは椅子から立ちあがった。「ちょっとすることがあるんだ。でも、また戻ってくる」

彼はアンドレアが寝てしまう前に話をする必要があった。そうしなければ、朝までに彼女はいなくなってしまうという予感がした。

「行っておいで、ランス。私は待っているから」

「少し眠ったほうがいい」

「眠れると思うよ。おまえがこれからずっとそばにいるとわかっているからね。コリンヌが旅行から帰ったら大喜びするだろう」

ランスはベッドの父を見た。病気のときにいやな話は聞かせたくなかった。しかし、元気になったら、真実を告げるべきだろう。

パーシーがランスのあとを戸口までついてきたが、それ以上は出てこなかった。

ランスは自分の部屋にカメラをとりに行ってから、三階まで階段を二段ずつ上がり、アンドレアの部屋の前で、まだ起きているか、気配に耳をすました。

それから頑丈な扉をこつこつとたたいた。「アンドレア？ ランスだ。話がある。もし服を着る必要があるなら、待っている」

しばらくして返事が聞こえた。「ドアを開けなければ、ぶち破るつもり？」

そう言われて当然だった。

「君は父にとってとても大事な人なんだ。僕は許してもらいに来た」

長い沈黙のあとで声が聞こえた。「許してあげるわ」

それでは簡単すぎる。「ドアを開けてくれるほどには？」

「もちろん、そこまでする必要はないわ」

ランスは腕組みをした。「僕が思うに、君は今詰めているスーツケースを見られたくないんだね。もし君が急に帰ってしまうようなことがあれば、父は決して僕を許さないだろう。すでに面目まるつぶれの僕に、これ以上みじめな思いをさせたくはないだろう？」

「あなたにも面目なんてものがあったの？」

ランスは唇を引きつらせた。

父が言ったように、彼女はやさしい女性かもしれないが、気迫がある。

「つまり、いずれ僕もランスロットのいる地獄に落ちると？」

「もし甲冑《かっちゅう》がその体に合えばね」

「どうして僕がまだ地獄に落ちていないとわかるんだ？」

「もう落ちていると思うわ。私にあんな態度がとれるのは地獄の住人だけでしょうから」

アンドレアの言葉は核心を突いた。ランスはもうおもしろがってなどいられなかった。

「僕の罪はあがなえないんだろうか？」

「さあ。考えてみるわ」

ランスは切れ切れに息を吸った。「君のカメラはドアの前に置いていく。もし、もうしばらく泊まっていってくれるなら、母の墓にかけて、君を困らせることはしないと誓うよ」

少し沈黙があってから彼女の声が聞こえた。「ジェフがあなたのお母さんをどんなに愛していたか知っているから、その言葉は心にとめておくわ」

彼女は、どうすれば最後のとどめが刺せるか、知っているのだ。彼女にはいろいろな面がある。もっとも危険なタイプの女性だ。

「ご主人のことは気の毒だった。知らなかったもので」

「ランスロットには特別な能力があったと思うけど」

ランスは一瞬、しっかりと目を閉じた。「僕があんまり悪いことをしたから、その能力はほとんど剝奪《はくだつ》されてしまったのさ」

「なんて悲しいことなの」

アンドレアは本気で言っているように聞こえた。そしてそのとき、ランスは自分のことをしゃべりすぎているのに気づいた。彼がぜったいにおちいりたくない状況だった。

「今夜は父の部屋で寝るから、もう行くけど、僕の失礼な態度のために、父を喜ばすのをやめないでほしい。もし君が黙って消えるようなことがあれば、また容態が悪化しないとも限らないからね」

アンドレアが気持ちをやわらげてドアを開けてくれれば、直接、顔を合わせて話ができるのだが、それはありえないとランスはわかっていた。

「おやすみ、アンドレア」彼はざらついた声で言って踵《きびす》を返した。


雲を突き抜け、森の木立からこぼれくる朝の日差しに気をよくして、アンドレアは湖へ、昨日の夕方、本を読んでいた場所の反対側へと歩いていった。

運がよければ、写真を撮るつもりの場所に、水辺に出るための獣道をたどって森の動物が現れるかもしれない。

昨夜の混乱した精神状態を考えると、眠れたこと自体が不思議だったが、一晩ぐっすり眠ったあとでは、逃げ出すのは最悪だと気づいた。ジェフには理解してもらえないだろう。自分自身にも説明がつかないのだから、昨日のことはもう過ぎたこととして、大人らしくふるまうことにアンドレアは決めたのだった。

ランスは傷ついた魂の持ち主なのだ。私が尻軽女《しりがる》で、見逃してくれるものと思って、あんなことをしたのだろう。

父親のことになると、彼の保護本能は度を越している。だが、爵位と巨万の富を持つ家柄であるからには、疑心暗鬼におちいるのも当然かもしれない。

それに、彼のセックスアピールに私が反応したのは、彼の責任ではない。私が自分の反応を抑えられなかったのだ。

そう考えると心が乱れて、アンドレアは倒木はないかとさがした。鹿《しか》かなにかが現れるのを待つ間、腰を下ろしていたかった。

本当のところ、昨夜よく眠ったにもかかわらず、彼女は疲れていた。さっきオムレツを少し食べてから吐き気もしていた。妊娠の兆候に思われるが、それはありえない。この症状はジェフに会う前からあったから、風邪とも思えない。

少し昼寝をするほうがいいかもしれない。シャトーに戻って、ここにはあとで、また午後に来ればいい。そう思っているとき、ふと気づくと、湖を魚雷のような速さで近づいてくるものがある。細長くてなめらかなものだ。

不安に駆られて思わず立ちあがったときには、群生する睡蓮《すいれん》の花の中から黒い頭がもう突き出ていた。

アンドレアは喉に手をやった。ランス！

ランスは立ち泳ぎをしながらアンドレアを見て、無邪気に笑った。「おはよう」フランス語訛《なまり》の低い声がセクシーに響いた。「僕が近づくのを知らせるには、湖を泳いでくるのがいちばんだと思ったんだ。君をまた驚かせることだけはしたくなかったからね」

ランスのすることなすことのすべてに、アンドレアは足元をすくわれる思いだった。

「あなたは動物のように動いて、魚のように泳ぐのね。もしあなたが空を飛ぶのを見たら、この森には魔法使いマーリンがいると思ってしまうわ」

なぜかランスの青い目が陰った。「いっしょに来ないか？　だれも知らないシャトーの秘密を見せてあげるよ。そのためには泳ぐ必要があるけど、大丈夫。この湖は深くないから」

こういう形でランスと二人だけでいると思うと、アンドレアの心臓は不規則な動きを始めた。「残念ながら水着を持ってきていないの」

「ところが、あるんだ。父の継娘《ままむすめ》のコリンヌが友達のために予備を用意しているんだ」

ランスは手につかんでいた小さなビニール袋を投げた。袋はアンドレアの足元に落ちた。

アンドレアはかがんで、袋を開けてみた。中にはチェリーレッドのビキニが入っていた。ランスがコリンヌのことを自分の婚約者だと言わなかったのが気になったが、彼のプライバシーはアンドレアには関係のないことだ。

「それだけあれば、じゅうぶん隠せるよ。急いで身につけるんだ。待ってるから」ランスは睡蓮の花の下に消えた。

ランスが不本意ながらも和解の申し出をしているのにアンドレアは気づいた。ジェフは自分で案内してまわりたかったのだから、息子をその代わりに立てたのだろう。断るのは失礼だ。

それに、もし断れば、ランスをまだ許していないと思われるだけだ。事実、彼の冷酷なまでの女性観を考えると、あの怒りのキスに懲らしめ以上のものを読み取ったと思われてしまう。

アンドレアは眠りたかったことをしばし忘れ、樅《もみ》の木の陰に行ってビキニに着替えた。サイズは大丈夫だったが、ぴったりしすぎた。

皮肉たっぷりで陰気な態度にもかかわらず、ランスの周囲に漂う冒険の雰囲気に誘われて、彼女はスニーカーを脱ぎ、ほかのものといっしょにまとめてから、水辺に下りていった。ランスが少し離れたところで手招きをした。

アンドレアは胸をどきどきさせながら冷たい水の中に入り、ランスのほうへ進んだ。少し泳ぐと、最初に受けたショックは消え、水温も快適であるのがわかった。

ランスの強烈な視線がもっと近くまで来るように招く。「ついておいで」彼はそれだけ言うと、湖の真ん中まで泳いでいき、水泳選手のようにくるりとまわって水中にもぐった。

それほど格好よくはなかったが、アンドレアもランスにならった。髪はポニーテールにしてあったから、目に入らなくてよかった。彼女が追いつくと、ランスはすぐに湖底のなにかを指さした。

水草の間に見え隠れしているのは、騎士の剣と盾だ。差しこんでくる太陽光線が金属の輪郭を照らしている。この水中の世界では、どんな奇跡も可能に思われた。アンドレアはもう少しそこにいて、剣と盾を調べてみたかったが、気分が悪くなり、息が切れてきた。少しパニックにも襲われた。

それに気づいたらしく、ランスがアンドレアの体に両腕をまわし、二人はいっしょに水面へ浮上した。急いで上がったために、アンドレアの頭はくらくらした。今度ばかりは、大きく息をするためにランスのたくましい体にしがみついた。

「大丈夫かい？」

ランスのハスキーな声がアンドレアの体の中で反響する。

「ええ。少し息切れがしただけ」手足がからまっているので、体がときどき触れ合う。

「あの剣と盾はどうしてあそこにあるの？」

「ずいぶん前に、父が僕と僕の友達を感動させようとして、うめたものなんだ。僕たちはそのままにしておくことにしたのさ」

アンドレアはほほえんだ。「いかにもジェフらしいわ。すてきなお父さんがいて幸せね」

そう言うとき、アンドレアの唇がふとランスの首の傷跡に触れた。傷は鎖骨から耳のうしろの黒い髪の中まで達していた。肌がブロンズ色に焼けているので、赤みをおびた白い傷跡はいっそうめだった。

「あなたにこんなことをした男が、まただれかを傷つけるようなことがなければいいけど」アンドレアはささやいた。傷跡が敏感かもしれないので、触れるのはこわかった。

ランスがまぶたを閉じた。「もしそれが女だったとしたら？」

女性の兵士ってこと？

ランスが生死をかけて女性兵士と戦っている姿を想像すると、アンドレアはこれまでとまったく違う意味で当惑し、ほかのことはすっかり忘れてしまった。

「最近の傷みたいだけど……い、痛い？」アンドレアは口ごもりながら尋ねた。

「いや」

「よかったわ」

「本当に？」疑っている声だ。

「痛くなくてよかったかって？」アンドレアは憤慨した。「あたりまえでしょう！」

親密な言葉のやりとりに加え、体が触れ合っていることもあって、アンドレアは落ち着かなくなり、ランスを押しやって一人で立ち泳ぎをしはじめた。

ランスがそばに来た。「ゆうべあんなことをしたからには、僕は軽蔑《けいべつ》されて当然なのさ」

「そのとおりね。でも、あれはゆうべのこと。それにあなたはあやまったんだから、もう忘れましょう。あなたが帰ってきて、ジェフは本当に喜んでいるわ。戦争に行っても帰ってこない人もいれば、帰ってきたとしても手足をなくしていたり、ときには——」

「ときには口では言えないものをなくす場合もある？」ランスはふざけた言い方をした。

「それはたしかだ」彼は眉をひそめてアンドレアの目をさぐるように見ていた。「残念ながら、命を落とすのは戦場に限らない。ご主人とは何年間、結婚していたんだい?」

「六年よ」

「君はまだ若い」

「もうすぐ二十八だわ。あなたのお父さんを誘惑するほど子供じゃないわ」彼女は釘《くぎ》を刺した。

ランスはまだら模様にきらめく光の中でアンドレアを見つめた。「男ならだれも君を子供だとは思わないさ。それにしても、もう少し若いかと思った」

「そうだと思ったわ」

「知っているだろうが、父は君に惚《ほ》れこんでいる」

ランスはまわりくどい言い方はしない。彼は明確な理由があって、彼女のあとを追ってきたのだ。

アンドレアも率直になることにした。「つまり、あなたはそれがうれしくないのね」

「そのとおり」不機嫌そうな声だった。

ランスについて一つだけ信用していいのは残酷なまでの正直さだった。「明日の午後まで時間をちょうだい。そうしたらジェフはあなただけのものよ」

ランスは立ち泳ぎをしながらアンドレアと向き合った。「父が君に帰ってほしくないのは知っているはずだ」

「ジェフには帰ってきた息子がいるわ。彼にとってはそれがすべてよ」

「すべてじゃないさ」彼はあいまいにつぶやいた。

アンドレアはぶんぶん飛びまわる蜂《はち》をよけて頭を振った。「ジェフはあなたのためにすばらしいことを計画しているのよ」

ランスの顔が一瞬、暗くなったのは、日差しが雲にさえぎられたせいだろうか。

「知っているかい？　君の肌はとてもやわらかい。こんなやわらかい肌に触れたのは初めてだ」

あからさまな言葉でふいに話題を変えられて、アンドレアの体を熱いものがつらぬいた。アンドレアは泳いでランスから離れようとしたが、ランスは彼女の周囲をゆっくりと泳いでまわった。

「ご主人が亡くなってから君にキスをしたのは僕が初めてだったんだね？」

アンドレアの頬が怒りのために熱くなった。「ご心配なく。私はもう一度キスしてもらうのを待っているわけじゃないから」

もちろん、そんなことをランスが信じるはずもない。だが、彼の顔にかすかな嘲笑《ちようしよう》を認めると、もう我慢の限界だった。

「夫を亡くしたばかりの女がみんな、だれとでもベッドをともにしたがっているわけじゃないのよ！　とくに、黒いマントのようにあなたがまとっている情緒障害のある人とはね」

アンドレアは一瞬もためらわず、岸に向かって泳いだ。ランスがついてきたが、彼のほうがずっと早く岸にたどり着けるのはわかっていた。

岸に這《は》いあがると、早く体をおおいたくて、アンドレアは一目散に樅の木の下へ走った。ランスの視線と立ち入った発言に、丸裸にされたような気分だった。

アンドレアはスラックスとコットンシャツに着替え、濡《ぬ》れた水着をビニール袋に入れた。明日の午後、空港に向かうまで、ランスとは二度と顔を合わせないようにしよう。そう決意して、彼女は木の陰から出ていった。

だが、そんな心配は無用だった。湖を見まわすと、ランスの姿はもうなかった。

アンドレアはシャトーへ帰る道すがら、ランスが消えてくれてよかったと思うことにした。疲れているうえに、あれ以上自分の弱みを話題にされずにすんだのだから。

彼女はなによりも眠りたかった。なにも考えずに眠れば、その間に、昨夜から頭に取りついて離れない思いも消えてくれるだろう。

3

既視感《デジャビュ》のような気分で、ランスはアンドレアの部屋のドアをノックしたが、返事はなかった。昨日、彼はアンドレアを湖に残したままレンヌに用足しに行き、帰ってきたのは遅かった。

今朝は父の気分がよくて、アンドレアといっしょに朝食をとりたいと言いだすほどだった。ランスは何分も前から何度もドアをノックしたあげく、彼女はすでに森に出かけたものとあきらめた。

ランスは父の寝室に行き、昼食にはアンドレアを連れて帰ると告げた。たいしておなかはすいていなかったので、彼はりんごを一つ手にして、どんよりとした空の下へ出ていった。雨になりそうだ。夏の雨だから長くは続かないだろうが、もしアンドレアがこの雨につかまったら、びしょ濡《ぬ》れになるだろう。

彼女がどこにいるか心あたりはなかったが、かまわない。馬で行けば、早くさがせる。

ランスは厩舎《きゅうしゃ》へ行き、トネールに乗った。アンドレアがまだ水飲み場付近で動物が現れるのを待っているかもしれないと考え、まず湖に向かった。

またたく間に湖を一周したが、彼女がいた形跡はなかった。ひょっとしたら父に聞いた〝青春の泉〟をさがしているうちに迷子になったのかもしれない。

ランスは愛馬を泉へと駆った。

そこでも見つからないと、すぐに近くの丘に向かった。丘からは眼下に〝帰らずの谷〟が見わたせ、呼び声が下まで届く。

そこはアンドレアが写真を撮りに行きそうな場所だった。ランスは彼女の名を大声で呼んだが、返事はなかった。

ひょっとしたら、最初から森には来なかったのかもしれない。リゾーの村まで大通りを歩いていったとも考えられる。

草の生い茂った丘の斜面を反対側に下りていくとき、雨粒が一つ、そしてまた一つとランスの顔にあたった。車をとりにシャトーに戻ることばかり考えていた彼は、麓《ふもと》近くの地面に横向きでまるくなっている女性に気づかなかった。もう少しで踏みつけるところだった。

急いでトネールをわきに寄らせ、彼は馬から飛びおりた。カメラが蹄《ひづめ》に踏みつけられて壊れていた。あと二十センチそばまで来ていたらと思うと、ぞっとした。

「アンドレア」ランスは不安に駆られ、しゃがみこんで呼んだ。もし斜面から落ちて首の骨か背骨を痛めていたら、決して動かしてはならない。

うめき声が聞こえた。見たところ苦労せずにアンドレアがあおむけになったので、ランスはほっとした。だが、彼女の顔は蒼白《そうはく》だった。

「ランス」彼女は声をふるわせてささやいた。昨日、あんな形で別れたのだから、本当に困っていなければ、こういう反応はしないはずだ。

ランスの背中が、しだいに激しさを増してきた雨からアンドレアの顔を守る。「どうしたんだい？」

「歩いているうちに気分が悪くなって横になったんだけど、まだよくならないの。やっぱり風邪をひいたんだわ」

「ということは、前から気分が悪かったのかい？」

「ええ」アンドレアはか細い声で答えた。

ランスは、アンドレアの髪の生え際と眉に玉の汗を認めて、はっとした。「父のがうつったに違いない。やっかいな風邪なんだ」彼は一瞬もためらわず、アンドレアを腕に抱きあげ、馬のところへ運んだ。「リゾーの診療所に連れていくよ。僕といっしょに馬に乗れないくらい気分が悪ければ、トネールの上に寝かせてあげよう」

アンドレアはかぶりを振った。「大丈夫よ。座れる……と思うわ」

アンドレアが最悪の気分なのはランスにもわかったが、彼女はランスがうしろに乗るまでがんばっていた。

「僕に寄りかかって休むんだ」ランスは片手をアンドレアのウエストにまわし、もう片方の手で手綱をとった。

馬がギャロップで走ると、リズミカルな動きで二人の体がぴったりと重なる。昨日、彼女の女らしい体を肌に感じてから、ランスはふたたびそうしたいと思っていたのだ。

今、アンドレアは力なくランスに体をあずけている。どうして彼女がこんなことになったか心配ではあるものの、正直なところ、自分がこうして必要とされているのが彼はうれしかった。湖でさっさと逃げられたときの態度からして、またこんなにそばにいられるとは期待していなかった。

生い茂った森の中に入ると、どしゃ降りの雨からは救われた。ランスは車がとめてあるシャトーの裏に出る近道を知っていた。ほどなく二人は森を抜け、砂利道に出た。彼は馬を車の助手席側につけた。幸いなことに、雨は小降りになっていた。

ランスは急いで馬から降り、アンドレアを抱きかかえて車に乗せ、シートを少し倒してやってからドアを閉めた。

彼は馬の尻を軽くたたいた。そうすれば、トネールは厩舎に戻っていく。それから彼は運転席に飛び乗り、車をスタートさせた。

リゾーまではわずか六キロだ。ランスはアクセルを踏みこみ、診療所に直行した。

到着してからの数分は、あっという間に事が運んだ。ランスがアンドレアを抱いて入ってくるのを見て驚いた受付の女性が、廊下の先の診察室にすぐ二人を通してくれた。

「ドクター・サンプリがすぐまいります」

その声にアンドレアが目を開けた。ランスはその目を見ながら、診察台に彼女を下ろした。「もう大丈夫だよ。今、診療所の診察室にいる」

「ありがとう」アンドレアがつぶやいた。

心から言っているように聞こえた。ということは、彼女は僕が思っているより具合が悪いのだ。そうでなければ、口すらきいてくれるはずがない。

受付の女性が立ち去って、すぐ看護師が入ってきた。「すみませんが、部屋から出ていただけますか」

できればそのままいたかったが、しかたがない。「アンドレア、もし用があれば、僕はドアのすぐ外にいるからね」

アンドレアがかすかにわかる程度にうなずき、また目を閉じた。

廊下で待つ間にランスはジーンズのポケットから携帯電話を取り出し、厩舎に電話をかけた。

馬が無事に戻っているとわかると、次に父に電話をかけ、シャトーに帰る前にアンドレアとリゾーまでドライブをすることにしたから、昼食をいっしょにとるのは別の日にしようと告げた。

父はそれでかまわないようだった。それというのも、友人が訪ねてきていたからだ。父とは夕食のときに会うことにして、ランスは電話を切った。父がアンドレアのことをまだ知らなくて、ほっとした。今、ランスがいちばん気になるのはアンドレアがなんの病気かだ。彼は説明のつかない理由で責任を感じた。もし命にかかわるようなことになったらと思うと、恐怖に顔がゆがんだ。

「ムッシュー?」ランスが振り向くと、若い医師が廊下を近づいてくるところだった。

「ドクター・サンプリです」

「よかった。当直のドクターがいてくれて！　アンドレアは森で気分が悪くなって、一人で歩くことはおろか、起きあがることもできなくて、僕が抱きかかえてきたんです。インフルエンザではないかと思うのですが」

医師は好奇心をそそられたようすでランスを見た。「診察するまでなんとも言えませんが、心配はいりません。すぐわかるでしょう。待合室で座ってお待ちになったらどうですか」

「ここで待ちます」ランスはきっぱりと言った。

「ご自由に。でも、時間がかかるかもしれませんよ」

ランスは歯を噛《か》み締めた。「かまいません」

アンドレアはうとうとしながら、ときどき目を覚ました。目を覚ましているとき、医師に脱水症状を起こしていると言われた。医師は点滴をするように言いつけ、検査技師がただちに採血を行った。

アンドレアはまた眠った。しばらくしてランスがいることに気づいた。彼は診察用のベッドのそばに椅子を持ってきていた。

本当は彼はジェフのそばにいるべきなのに、とアンドレアは気がとがめた。

少し元気が出てきた気して、彼女は顔を横に向けてランスを見た。「私、昨日、帰っているべきだったわ」

ランスは体を前に乗り出し、アンドレアの顔をつくづく見た。「どこにだい？　思い出でいっぱいのだれもいない家にかい？」

「アパートメントだわ」そう訂正しながら、ランスの意地悪な言い方が気になった。

「だれが面倒を見てくれるというんだ？」

「友達がいるわ。夫の同僚の奥さんだけど」

「家族は？」

「両親が亡くなったあと、私は母の妹のキャシー叔母の家で、二人のいとこといっしょに育てられたの。叔母夫婦は今もニューヘイヴンに住んでいるけど、二人とも忙しいから、迷惑はかけたくないの」

ランスはハンサムな顔にしわを寄せた。「それなら、ここにいてよかったのさ。飛行機の中で倒れていたかもしれないんだ」

その可能性はたしかにあったので、アンドレアは反論できなかった。「あなたをジェフから取りあげて申し訳ないわ」

「父はよくなってきている。僕が心配しているのは君のほうだ」アンドレアが見ると、ランスは両手を握り締めていた。「なんだって診断にこんなに時間がかかるんだ」

「あなたは戦場に長くいすぎたのね。戦争ではなんでもあっという間に起きるし、判断は一瞬のうちに下さなければならないから。文明社会では、ものごとはもっとゆっくり運ぶのよ」

ランスは首のうしろをもんだ。「たしかにね」そしてアンドレアの顔を見た。「頬に赤みが差してきている」

「少し気分がよくなったの。点滴のおかげね」

「よかった」

「あなたに話したいことがあるの」アンドレアは小声で言った。

ランスが急におとなしくなった。「なんだい？」

「今日、あなたはうめ合わせをしてくれたわ」

「救済はありえないと思っていたけど？」かすれた声だった。

「私が間違っていたわ。あなたは苦痛にあえぐ女性を救ってくれたのよ。それって英雄のすることだわ。たとえ頭の冠ははずしていても」

「そんなもの、かぶったことなんかないよ。君は夢を見ているのさ」

「いいえ。私の目はしっかり覚めているわ。さっきあなたがしてくれたことは、ランスロット・デュ・ラックという名の人でなければ、だれにもまねのできることじゃないわ。正直言って、私はあなたに畏敬《いけい》の念すら抱いているの」

「さてと、アンドレア」医師が勢いよく部屋に入ってきた。ランスは椅子から立ちあがった。「お二人の問題がついに確認できましたよ」

「二人の？」アンドレアは心配そうにランスを見た。「あなたは病気なのに、私に言わなかったの？」

ドクター・サンプリは笑った。「お二人に赤ちゃんができたんですよ、ママさん」そしてランスのほうを振り向いた。「おめでとう、パパさん」

「赤ん坊が？」

「そんなことありえないわ！」アンドレアが叫んで起きあがろうとした。「だって、私が妊娠しているはずはないのよ！」

「ところが、そうなんですよ」アンドレアにそれ以上言わせずに医師が告げた。「妊娠三カ月です」

「三カ月！」アンドレアの叫び声が小さな部屋に反響した。

医師は二人をおかしそうに見た。「妊娠の兆候にまったく気づかなかったとは驚きですね。そういうことなら、私はしばらく失礼して、あとで話をしに来ましょう」

「ちょっと、ま——」

「ありがとう、ドクター・サンプリ」まるでアンドレアの扱いに慣れているかのように、ランスがその場を仕切った。彼はアンドレアの肩に手をかけて、またそっとベッドに寝かせた。「たしかに僕たちは二人だけで話をしたほうがいい」

ドアがかちっと音をたてて閉じた。

こみあげてくる感情に圧倒されて、アンドレアは泣きだした。いったん涙が出てくると、もうとまらなかった。

ランスがティッシュペーパーの箱を渡してくれた。「アンドレア、いったいどうしたのか話してくれないか？」

「あなたには理解できないわ」そう言って、彼女はまたひとしきり泣いた。自分でもほとんど理解できないのに、彼にわかるはずがない。

「そんなことはありえないと言ったけど、それは亡くなったご主人が父親じゃないってことなのか？」

アンドレアは大きく息をのんだ。「いいえ……そうじゃないの……私は夫以外の男性と付き合ったことはないから、子供は彼の子なの。でも、奇跡でも起きない限り、子供はできないと言われていたの」

「どうして?」ランスはやさしくうながした。彼はアンドレアの両の腕をつかんでもんでいたが、自分では気づいていないようだった。

アンドレアは涙に濡れた目でランスを見あげた。「私、何年も前に早期閉経で子供ができなくなったの。私の場合、排卵の可能性はゼロに近いから、子供ができることを期待してはいけないって、お医者さんに言われたの」

ランスの目が急に陰ったのは光のいたずらのせいだろうか。

「その女医さんにすすめられて、心の健康を保つためにハーブやホルモン療法を試してきたから、体調に変化が出てきたのはホルモン療法のせいだと思っていたの。手がむくんできて、指輪も家に置いてきたわ」

「そういうわけだったのか」ランスがつぶやいた。

アンドレアはうなずいた。「リチャードが亡くなってから、それまでになく体がだるかったし、よく吐き気もしたけれど、精神的に落ちこんでいたのとホルモン療法のせいだと思ったの。妊娠して三カ月もたっていたのに知らなかったなんて。本当に……本当にショックだわ」彼女は涙でかすんだ目でランスを見た。「ああ、ランス……リチャードはとても子供を欲しがっていたのよ。でも、彼はいなくなってしまった。リチャードは自分の子供に会うことも、子育てを手伝ってくれることもできないのね」

涙がまた堰《せき》を切ったように流れる間、ランスは黙っていた。

やっと涙がとまると、アンドレアが言った。「リチャードは一人っ子だったから、子供は二、三人欲しかったの。きょうだいがいるってすばらしいわ。そうしたら、私に子供ができないってわかったの。二人とも途方にくれたわ。私だって、彼の子供が欲しかった。その恐ろしい事実を知らされたとき、彼は打ちのめされたの」彼女はすすり泣きながら続けた。「リチャードを埋葬したとき、すべてを失ったと思ったの。フランスに来たとき、私はからっぽだったわ。それなのに今――」

「今は、なにもかも変わってしまった」ランスが低くつぶやいた。点滴をしていないほうの腕を彼が撫《な》でているのに彼女は気づいた。

アンドレアは涙をふいた。「でも、この子が父親を知らずに育つことだけは変わらないわ。私には両親がいなかったけど、歴史は繰り返すって考えるだけでもつらいわ。子供はだれだって父親が必要なのよ。どうしてリチャードは死ななければならなかったの……」

悲痛な声が部屋に響いた。

ランスは言葉もなくアンドレアの背中に腕をまわした。しばらくして、彼女は彼の肩を涙で濡らしているのに気づき、恥ずかしくなって体を離した。

アンドレアはティッシュペーパーをとり、はなをかんだ。「ごめんなさい、こんなふうに取り乱して。きっと頭がおかしいんじゃないかと思われているわね」

「僕が思っているのは、リチャードはとても運のいい男だったということだよ。自分の子の母親として君がいてくれて、彼の血は受け継がれていくんだ。ひょっとしたら、君のおなかの中で未来の教授が育っているかもしれないよ。母親の本能で、男の子か女の子かわかるかい?」

「なんの本能ですって?」アンドレアは挑むように問い返し、咳《せき》ばらいをした。「私はついさっきまでおなかに子供がいることすら知らなかったのよ。今もまだ自分が妊娠しているなんて信じられないわ」

「それにしても、診断の結果がいい知らせでよかったよ」ランスが感情をこめて言った。「君があそこの草の上で本当に気分が悪そうに倒れていたとき、僕は悪いことばかり想像したんだ」

「自分でもとても心配だったの」アンドレアの目にまた涙がにじんだ。「助けてくれて本当にありがとう。そ、それから、お医者さんにあなたを父親だと思わせたりして、ごめんなさい。あとで彼に説明するわ」

ランスはセクシーな口元をなかばほころばせた。「君といっしょに知らせを聞いて、まるで自分が父親のような気がしたんだ。こんな経験はいつでも大歓迎だ。医者にそう言われたときには胸がときめいたよ」

アンドレアは下唇を噛んだ。「私もそうだったわ」

ランスは真顔になった。「そうと知っていれば、昨日、湖でもぐろうと言わなかったんだが」

アンドレアはそのときのことを思い出した。とくに水面に浮上するためにランスにしっかりと抱き締められたときのことを。おなかの赤ちゃんが彼の体に押しつけられていたのだ。

「あれはなかなかできない経験だったわ」アンドレアは静かに言った。「いつかこの子が泳げるようになったら、湖の秘密を自分で見つけさせるために、彼をフランスに連れてこなければ」

「ということは、君は男の子を考えているんだ」ランスがまたほほえむと、彼の顔つきがすっかり変わり、アンドレアの鼓動は速くなった。

「ええ、たぶん」

「あと一カ月すると、そのとおりかどうかわかりますよ」医師が割って入った。彼が部屋に入ってきたのにアンドレアは気づいていなかった。「ドアをノックしたのですが、聞こえなかったようですね。どうです？　心音を聞いてみませんか？」

医者は聴診器を耳につけ、アンドレアのおなかのその場所を見つけてから、彼女に聞かせた。平原をギャロップする馬の蹄のような音だった。

「信じられないわ」これまでずっと自分の中で生命が育っていたのに気づかなかったなんて。

「胎児は約九センチで、正常に発達していますよ」

ランスも心音を聞きたくて聴診器を手にとった。そして、唇の端をゆがめてゆっくりとほほえんだ。聴診器を返すときも、彼の目はアンドレアの目を見つめたままだった。

「さっきまでアンドレアのどこが悪いのかわからなかっただけに、この知らせにとても幸せな気分になりました」

「それはよかった」

アンドレアが赤面して、医師のほうを見た。「あなたは誤解していらっしゃるんです。私はシャトー・デュ・ラックに滞在しているだけで、ランスと結婚しているわけではないんです」

医師は血圧をはかるためにアンドレアの腕に腕帯を巻いた。「なにか結婚できないわけでも?」

「そうじゃないんです。この子は彼の子じゃないんです」

医師は驚いたようにアンドレアの顔を見た。「それなら、子供の父親に知らせるべきでしょう」

「それができないんです」アンドレアの声はふるえた。「この子を授かった日の朝、夫は仕事に出かけ、夜には脳血栓のために亡くなったのです。三カ月前のことでした」

「アンドレア……」

ランスの声にはいたわりがにじみ出ていて、彼女は目を閉じた。

「ご主人が亡くなられたのは本当にお気の毒です」医師は言った。「でも、あなたにすばらしい宝物を残していってくれたのですよ」

まさにランスが言ったことと同じだ。

「ええ。でも、まだなかなか信じられなくて」

「奇跡が起きると、人はそんな気持ちになるものです。あなたが健康な女性だと言えるのはうれしいことです。吐き気止めの薬を処方しておきましたから、それをのめば、気分はすぐよくなるでしょう。一日に三回、食前にのんでください。それから、ビタミン剤も出しておきますので、のみはじめてください。一週間後にまた診察にいらしてください。すべて順調か確認しましょう」

「でも、私は二、三日中にアメリカに帰ることになっているんです。だから今、お礼を申しあげておきます。いろいろとありがとうございました」

「そういうことなら、向こうの主治医にすぐ診てもらってください」

「ええ、そうします」

医師は戸口で立ちどまった。「点滴が終わったら、お帰りになっていいですよ。水分をじゅうぶんとって、なんでも食べたいものを食べて、あと二日は安静にしていてください」

「必ずそうさせます」ランスがきっぱりと言い、アンドレアは笑いをこらえた。彼の性格上、言わずにいられないのだ。だが、アンドレアは気にならなかった。

医師と入れ替わりに看護師が入ってきて、点滴をはずして出ていった。

ランスは頼まれもしないのに戸棚を開けて、アンドレアの服が入っている袋を取り出した。「着替えるのに手伝いがいるかい？　看護師にもう一度来てくれるように頼もうか」

「いいえ、大丈夫」

「じゃあ、僕は受付のところで待っている」

ランスがドアを閉めると、アンドレアは診察衣を脱ぎ、少しふくらんで硬くなっているおなかに手を触れた。どうして気づかなかったのだろう。たとえ妊娠するのは奇跡だと言われていたにしても、ジーンズが窮屈だったとき、気づくべきだったのだ。

数年前からアンドレアは自分の子供を産むのはすっかりあきらめていた。それだけに、妊娠の知らせは感激だった。

男の子でも女の子でもいい。彼女はすでにこの子を愛していた。自分の中に生命が宿っていると知ることで、心のすき間がうめられた。

子供が生まれたら、わずかに残っている保険金で精いっぱいしのぎ、家で子育てができるようにしよう。リチャードの大学でのコネを使えば、ひょっとしたら、家でワープロの仕事ができるかもしれない。

アンドレアの両親は交通事故で亡くなった。そして今度は、自分の子の父親が脳血栓でこの世を去った。彼女はこの子のためにいつもそばにいてやり、できることなら育児はすべて自分でやるつもりだった。

アンドレアは着替えをすませ、化粧室に立ち寄ってから受付に急いだ。ランスは込み合っている待合室のドア近くに立っていた。彫りの深い顔と引き締まった体つきは、診療所のスタッフを含め、そこにいる女性全員の目を引いた。腿にぴったりフィットしたジーンズと黒いプルオーバー姿の彼は、アンドレアがこれまで見たこともないほどすてきだった。ランスに近づくとき、彼女は女性たちの羨望《せんぼう》のまなざしを感じた。「処方箋《しょほうせん》をもらってくれた？」

ランスに心配そうな目で、さも親しげに見つめられて、アンドレアの鼓動は速くなった。「もらったよ。さあ、行こうか」彼はアンドレアを外へ、さらに車へとエスコートしていった。

車をスタートさせると、ランスは村の中心にある薬局に向かった。

「このままじっとしているんだよ」彼は言った。「すぐ戻ってくるから」

軍隊に入るずっと前から、ランスは指揮する者として生まれついていたことをアンドレアは疑わなかった。軍での仕事は、その本能に磨きをかけたにすぎない。今のところ、アンドレアは文句を言うつもりはなかった。

数分すると、ランスは戻ってきた。「さあ」彼は蓋《ふた》を開けて、薬を一粒、アンドレアのてのひらにのせた。「これを水といっしょに今、のむことになっている」彼はミネラルウォーターのボトルを取り出した。「ビタミン剤は胃を荒らさないように今夜からのめばいい」

「はい、ドクター」アンドレアはからかって、薬をのんだ。「お水がおいしいわ。ありがとう」

ランスがまつげの長い目でアンドレアの目を見た。二人の顔は十センチと離れていない。

「明日までに食欲が戻ってくれるといいね。家に帰る前に、なにか買っておきたいものは？」

アンドレアは目をそらした。「なにも考えつかないわ」

「僕はあるよ。新しいカメラだ。トネールが蹄で踏みつぶしてしまったんだ。フィルムが大丈夫だといいが」

「それだったら心配しないで。今朝、新しいフィルムを入れたの。だめになった写真は一枚もないから。それに、カメラも今すぐ必要じゃないし。家に帰ってから、以前の上司を通して買うようにするわ。卸値で手に入れてくれるの」

ランスは車をスタートさせ、シャトーに向かった。先ほどの雨に濡れた道路わきの草木がすがすがしい。彼は無駄のないハンドルさばきで運転した。

「君はどこで働いていたんだい？」

「フォトスタジオよ」

「仕事は気に入っていた？」

「ええ。高校のときにパートで働きはじめて、卒業後は大学の学費をためるためにフルタイムに時間を増やしたの」

「君もご主人と同じく、エール大学に行ったのかい？」

「とんでもないわ」アンドレアは笑った。「私はごく普通の学生だったから、それは無理よ。町の大学で夜間コースを受けていて、そのうちにリチャードと知り合ったの。それからは彼の個人アシスタントみたいになったわ」

「そして主婦に？」

アンドレアはうなずいた。「ええ」

「もう大学には？」

「行ってないわ。いつか私もなにか学位をとりに行くつもりよ。でも、子供が生まれるんだから、それはこの子が学校に上がるまでお預けね」

「ということは、だれかに子供を育ててもらうつもりはないんだね？」

「家でできる仕事もあるのよ。子供のそばにいるためなら、なんでもするわ」

「もう決心しているみたいな言い方だね」

「それが今の気持ちなの」

ランスはスピードを落とし、シャトーに入るカーブを曲がった。「ご両親を亡くしたとき、君はいくつだったんだい？」

「四歳だったわ。両親のことは写真でしか覚えていないの。自分が母親になるとわかったからには、どんな犠牲を払っても、それを最優先したいの」

「そのためには、とりあえずゆっくり休む必要がある」ランスは車をとめた。

アンドレアは一人で大丈夫だったが、ランスが肘を支えて家の中まで連れていった。玄関広間まで来ると、いつのまにか彼女はまたランスに抱きあげられていた。

「こんなことをする必要はないのに」アンドレアは抗議したが、ランスは取り合わずに、彼女を軽々と抱いて、途中に踊り場がある階段を上がっていった。

4

ランスはアンドレアを抱きかかえたまま、緑の間に入っていき、ベッドに寝かせてくれた。

それから彼女の目をしっかり見て言った。「いいね、指一本動かしちゃだめだよ。ちょっと行って夕食をとってくるから。それからビタミン剤をのめばいい」ランスはひな鳥を抱いた雌鳥《めんどり》よりも心配そうに動いた。初対面がひどかっただけに、彼にこんな面があるとはアンドレアは想像もしていなかった。

「私、給仕をしてもらう必要はないのよ」

「残念ながら、僕にはそうは思えない」ランスは息がかかるほど顔を近づけて言ってから体を起こした。「逆らうなら危険を覚悟でやるんだね」

今のところ、アンドレアにとってランスは争いたい相手ではなかった。「わかったわ。でもお願いだから、ジェフにはなにも言わないで。心配をかけたくないの」

「わかっているよ」そう言って、ランスは部屋から出ていった。

ドアが閉まった瞬間、アンドレアは起きあがり、バスルームに急いだ。雨に降られ、診療所で診察を受けたあとだけに、シャワーを浴びて、髪を洗いたかった。

それがすむと体をふき、髪は早く乾くように垂らしておいた。清潔な黄色のネグリジェの上にそろいのローブを着てベッドに戻ったときには、気分がすっきりしていた。ベッドに入ってまもなくドアが開き、ランスが片手にトレイを、もう一方の手に雑誌を数冊持って入ってくるのがわかった。

薄目を開けて見ると、彼もシャワーを浴びたらしく、コーヒー色のシルクシャツを着て、黄褐色のスラックスをはいている。なにを着ていてもすてきで、気がつけば、アンドレアの目はいつもランスに釘《くぎ》づけになっていた。

ランスがそばに来て、枕元《まくらもと》のテーブルにトレイを置こうとしたとき、彼の真うしろの壁にあるランスロットの等身大の絵がアンドレアの目に入った。美しい騎士は寝室で王妃のほうに身をかがめていた。狩猟から帰ってきたばかりの彼が、ベッドに入る前に王妃にキスをしたくてたまらないかのような場面だった。

アンドレアに食事を運んできた美しい男性もほとんど同じ姿勢をとっていた。一瞬、アンドレアは頭の中で二つの情景を区別することができなかった。喉元の血管が激しく脈打ちだした。

その反応に気づいたのだろう。ランスがゆっくりとアンドレアに這《は》わせていた視線を、一瞬、喉元でとめた。そして、また、その愛撫《あいぶ》のような視線をゆっくりと顔に戻した。アンドレアの体が熱くなり、頬まで赤くなった。二人は目と目を合わせた。

「気分はどうだい？」ランスの声が彼女の体の深いところで反響する。

アンドレアは切れ切れに息を吸いこんだ。「よ、よくなったわ」

「なにか食べてみてもいいくらいに？」

薬のそばに置いてあるトレイを見ると、紅茶、スープ、スライスしたりんご、グレープジュース、水、そしてロールパンがのっていた。ランスが自分で選んできたものばかりのようだ。おなかはすいていなかったが、恩知らずだと思われたくなくて、アンドレアはりんごを一切れ食べはじめた。

それを見て、ランスは喜んでいるようだった。彼が離れていったので、立ち去るものとアンドレアは思った。ところが、布張りの椅子をベッドのそばまで持ってきて腰を下ろし、湯気の出ているカップを手にして飲みはじめた。

足首のところで脚を交差させ、ゆったり椅子にもたれて座っている姿は、贅沢《ぜいたく》な我が家でくつろぐフランス貴族そのものだった。迷彩服を着て森の中を獰猛《どうもう》な猫のようにこっそりと近づいてきた男とは似ても似つかなかった。それでいて、どちらも彼女の看病をしてくれている魅力的な男性の一面だった。

アンドレアはもう一切れ、りんごを食べた。「あなたはすばらしい看護人だわ」彼は多才な男性なのだ。「ごめんなさいね。戦地から戻ってきたら、看病しなければならない人間が家に二人もいたなんて」

ランスはコーヒーカップの縁ごしにアンドレアを見つめた。「二人ともよくなっているから、文句はないよ」

アンドレアはグレープジュースを少し飲んだ。「診療所から帰ってきてから、ジェフと話をした？」

「したよ。今日は来客があったから、夜は静かに過ごすほうがいいと言っておいた。明日はまだ、父と昼食をとるのは君には早すぎると思う。父は条件付きで納得してくれたよ」

「どんな？」

「僕に君をもてなしてほしいのさ」アンドレアの胸の鼓動がわけもなく速くなる。「そんなことはわけないと言っておいた」

「あなたのお父さんはすばらしい人だわ。でも、私のことは心配しないで。明日を過ぎれば、飛行機で帰れるほど元気になっているはずだから」

「たとえそうでも、父は納得しないだろう。君がここにいる間ずっと病気だったんだ。散歩に出かけられるようになったら、自分で案内してまわって君を喜ばすつもりでいる。そうすれば、ご主人の本のためにもっと写真が撮れるだろうからね。そのために来たんだろう、君は？」

アンドレアは目を伏せた。「ええ、でも――」

「反論しても無駄だよ。もう決めたんだから。食欲が戻るまで、休養と水分をしっかりとるように医者に言われているんだ。君に必ずそうさせるために僕はここにいるのさ」ランスはすっくと立ちあがった。「なにか用があったら、内線の二番を押せば、僕が出る。あとでおやすみを言いに、また来るよ」

「私はもう大丈夫よ。本当にいろいろとありがとう」

ランスが立ち去ると、アンドレアは不思議なことに一人取り残されたような気がして、気持ちをまぎらわすために雑誌を手にとった。雑誌はヨーロッパの建築物を紹介したものだった。文章はフランス語であっても、すばらしい写真を理解するのに翻訳は必要なかった。

しかし、シャトー・デュ・ラックのみごとさに、あるいはランス自身のみごとさに匹敵する写真は一枚もなかった。

アンドレアはまた、ランスが診療所で口にした言葉を思い出していた。〝君といっしょに知らせを聞いて、まるで自分が父親のような気がしたんだ。こんな経験はいつでも大歓迎だ〟

雑誌をテーブルに戻し、アンドレアは壁の肖像画に視線を漂わせた。グィネヴィアはこれまでと同じに見えた。しかしランスロットを見ていると、どれを見ても、それはランスの顔であり、体だった。熱愛する王妃を見つめるランスロットのまなざしに、アンドレアは不思議な羨望《せんぼう》を抱いた。

彼女は初めて、ランスの継妹に興味がわくのを覚えた。ランスはその女性に同じような崇拝の念を抱いているのだろうか。

レンヌにある〈ギャルリー・ブファール〉は木曜日の夜は九時半まで営業している。混雑した店の中をランスは書籍売り場からカメラ売り場に向かった。

店員にさがしているものを説明すると、アンドレアが使っていたカメラの上位機種をいくつか見せてくれた。彼の馬が踏みつけてしまったカメラの代わりとなる最新型を選ぶのに、たいして時間はかからなかった。

カメラといっしょにフィルムも一袋買い求めてから、ランスはベビー用品売り場の場所を尋ねた。ベビー服など買ったことのない彼だが、アンドレアに子供ができたと知って、なにかお祝いをしたかった。男の子か女の子かわからないので、色は店員に言われるままに白かクリーム色にしておいた。

若い女性店員にあれこれ見せてもらっているうちに、ランスはベビー服を六着、ベビーブランケットを二枚、絵本を一冊、そしてフランス語で歌うおもちゃのプードルを買って、すべてプレゼント用に包んでもらっていた。包装のリボンには、彼が選んだがらがらが三つ結びつけてあった。

ショッピングバッグを渡すとき、店員はウインクして言った。「あなたみたいなパパがいて、生まれてくる赤ちゃんはラッキーだわ」

それは店員の思い違いだったが、ランスはうれしかった。「ラッキーなのは僕のほうさ。ありがとう《メルシー》、マドモアゼル」

ランスはエレベーターを降りて店の出口へ向かった。ショッピングバッグを車の助手席に置くとき、がらがらが街灯の明かりを反射してきらめいた。プレゼントを開けたときのアンドレアの顔が見たい。彼女がまだ起きていてくれるといいのだが。

あせる思いでシャトーに帰り着くと、ランスは三階まで階段を二段ずつ駆けあがった。


八時に夕食のトレイを下げに来たとき、ブリジットは電池式の小型ラジオを持ってきてくれた。

「この部屋にはテレビのアンテナを引いていないので、ランス様がご自分のラジオで音楽でもお聴きになってくださいとのことです」家政婦はラジオを枕元のテーブルに置いた。

ランスはなにからなにまで考えてくれているのだ。彼は使用人たちに私が妊娠していると言ったのだろうか。もしそうなら、ブリジットはたいへんつつしみ深い女性だ。

「二人ともなんて親切なの。ところで、今夜のジェフの容態は?」

「昨日よりお元気です」

「それを聞いてほっとしたわ」

「なにかご用のときは内線の四番を押してください」

「ええ、ありがとう」

ラジオのダイヤルをしばらくいじっていると、音楽専門の局が見つかり、アンドレアは枕にもたれて聴いた。意味はわからなくても、フランス語の歌を聴くのは楽しかった。

　彼女は壁の絵を眺めながら、ランスが診療所で見せたやさしさを思い出し、一人ほほえんだ。

　そして今日知らされた信じられないような事実に深く思いをはせているうちに、時間のたつのも忘れていた。ドアをノックする音が聞こえて、驚いて腕時計を見た。九時四十五分だった。ランスかもしれないと思うと、胸の動悸《どうき》が激しくなる。

「どうぞ」

ランスと目がしっかり合った瞬間、アンドレアの息はつかえた。

「気分はどう？」

「いいわ」

「正直に言ってくれ」ランスは命じた。

「本当にいいのよ。証拠が欲しいなら、ブリジットにきいてみて。ロールパンを全部食べて、ジュースを半分飲んだと教えてくれるわ。今のところ吐き気もないし」

「よかった」

ランスはドアを閉め、ショッピングバッグをいくつも持ってきて、まず小さいほうの袋を渡した。

「さあ、中を見てごらん。もし気に入らなければ、返品するから」

アンドレアは興味をそそられ、体を起こしてヘッドボードに寄りかかった。袋の中には新しいカメラとフィルムが入っていた。これを買うために、彼はもう町まで行ってきたの？

「こんなことをする必要はなかったのに」アンドレアは箱からカメラを取り出した。使用説明書は英語を含め、四カ国語で印刷してあった。彼女はすべての機能をチェックした。

「完璧《かんぺき》だわ。でも、これは私のものよりずっと高価よ」

「気に入ってくれれば、トネールは気にしないさ」

アンドレアはやさしく笑った。「なんて気前がいいのかしら。あなたの馬にありがとうって言ってちょうだい」

ランスはすてきな口元に笑みを浮かべた。「きっと伝えておくよ」

「トネールってどういう意味？　気になっているの」

「雷鳴だよ」

アンドレアはほほえんだ。「ぴったりだわ」

ランスがベッドのそばの椅子に腰を下ろし、大きいほうのショッピングバッグを渡した。

「これは僕からだ」

アンドレアはかぶりを振った。「これ以上プレゼントは受け取れないわ」

「君にあげるんじゃないんだ。正確にはね」

ランスがそう言っているとき、リボンに結びつけてあるがらがらがちらりと見えた。アンドレアはうれしそうに小さく叫んで、顔を上げた。「あなたはなにをしてくれたのかしら？」

「妻が妊娠したと知って感激している未来の父親がするだろうことさ」

ランスの言葉を聞いてふるえる必要はないはずなのに、アンドレアは感動にふるえた。

アンドレアは高ぶる感情を取り繕うために、ショッピングバッグの中に手を入れて、かわいい包装紙に包まれた箱を次から次に取り出した。ほどなくすべての箱を開けおわると、かわいいベビー服とふわふわのブランケットの中に彼女は体半分うもれていた。

成長アルバムのページをめくるとき、アンドレアのまつげは涙で濡《ぬ》れていた。ランスは妊娠と出産について英語で書かれた本も数冊買ってきてくれていた。プレゼントに圧倒され、涙が一粒こぼれ落ちたと思ったら、またたく間に彼女は体をふるわせて泣いていた。

「どうしたんだい、アンドレア？　僕はなにか君を悲しませるようなことをしたのかい？」

「いいえ、そうじゃないの……」アンドレアは涙に濡れた顔を上げて、ランスの心配そうな目を見つめた。「決してそうじゃないのよ。ただ、リチャードはこういうことができないのだと思うと、つらくて。この子は父親に会うことは決してないのよ。このすべてのタイミングが、私には信じられなくて……」彼女は声をあげて泣いた。「せめて死ぬ前に、自分が父親になると知って喜べるとよかったのに、あまりにも不公平だわ」

涙はとまらなかった。アンドレアは自分が底なしの間欠泉になったような気がした。

「ごめんなさい、ランス。あなたの前でこんなふうに取り乱すつもりはなかったのよ。あなたがわざわざ買ってきてくれたこのかわいい服を見て。悲しいことに、リチャードはこういうことをする人にはなれなかったの。彼が生きていたら、自分でそうしたかったでしょうに」彼女は首を左右に振った。「人生はどうしてこんなに過酷なの」

アンドレアはベッドに置いてあるほかの包みも開けようとしたが、うまくいかなかった。もどかしく思ったのか、ランスが手を伸ばして開けてくれた。箱に入っていたのは、おもちゃのプードルだった。

ランスがボタンを押すと、白い子犬が《ひばりの歌》に合わせて飛び出してきた。

悲しそうにほほえむアンドレアの顎を涙がつたって落ちた。「ランス……こんなにプレゼントをもらって、私、どうしていいかわからないわ」

「それが僕のねらいだったのさ」ランスは立ちあがった。「さあ、父のために、好きなだけこの家にいてくれ。君がリチャードの思い出を讃《たた》えるために本を出版したい気持ちはよくわかる。謝罪の意味もこめて、僕はできるだけ協力するよ」

「もうじゅうぶんしてくれたわ」アンドレアはささやいた。

ここに長く滞在すればするほど、ジェフの魅力的な息子のそばにいることになる。そうした面倒事はアンドレアの人生には必要ない。とくにリチャードの子供を妊娠しているときには。

「ジェフには私が妊娠しているって話したの？」

「それは僕から言うべきことじゃない」一瞬、緊張が走ったあとで、ランスは言った。「君は休養が必要だと医者に言われたんだ。正直に言ってごらん。今すぐニューヘイヴンに帰る必要はないだろう？」

「ええ」

「じゃあ、決まりだね」アンドレアに息もつかせず、ランスはプレゼントをショッピングバッグに入れ、ベッドの足元に置いた。そしてテーブルの上の錠剤と水の入ったコップを渡した。アンドレアが薬をのみおわると、彼は言った。「ほかになにか必要なものは？」

「ないわ。もうじゅうぶんすぎるほどしてもらったもの」アンドレアは言った。「あなたが去る前に、もう一度プレゼントのお礼を言わせて。みんな本当にかわいいわ。このことは決して忘れない」

「気に入ってもらえて、僕もうれしいよ」

「いつかあなたはすばらしい父親になるわ」

「それはないね」ランスはかぶりを振った。

「ばかなことを言わないで、ランス」

アンドレアが見あげると、ランスの目にはわびしさが宿っていた。「人生は僕にとってても公平じゃなかったと言えば、わかるかな？」

アンドレアの視線が彼の首に飛んだ。「もしその傷のことを言っているなら、あなたの魅力が増して、もっと興味深く見えるだけだと思うけど」

「それはいつ聞いても悪い気はしないが」ランスはそっけなく言った。「僕が言いたいのは別の傷なんだ」

アンドレアは唇を噛《か》んだ。「ほかにもあるの？」

「外から見えない傷のほうが最悪の障害となることもあるんだよ」

アンドレアははっとした。「あなたはどこが悪いの？」

不自然な沈黙が部屋に漂った。そして、ついにランスが言った。「僕は父親にはなれないんだ、アンドレア。僕には生殖能力がない」

彼の言葉の衝撃の大きさに、アンドレアの心はずっしりと重くなった。彼女は口に手をあてたが、それでもあえぎ声はもれた。

見つめ合う二人の間を、口には出さない言葉が行き交った。

「僕が知っている人の中で、自分の体から新しい生命をつくり出すことができないと言われたときのショックを君にだけはわかってもらえると思う。事実、このことは、これまでだれにも話したことはないんだ」ランスは厳粛に告白した。

息子が帰ってきて大喜びしているジェフを思い出し、アンドレアはうめいた。孫ができることの期待に、ジェフの目は輝きを取り戻していたのだ。

すでに涙に濡れていたアンドレアの目がまた熱くなった。「ああ、ランス……どうしてそんなことになったの？　いつのことなの？」

「中東で任務についているときに化学物質にやられて、しばらく入院した。七年前だった。回復してから、子供はつくれないと言われたよ」

それは死の宣告を受けるようなものだ。アンドレアには理解できた。そう、とてもよくわかった。

ランスは自分の子供の中に自分自身を見る喜びを知ることはないのだ。デュ・ラック一族の風貌《ふうぼう》を受け継ぐ、血を分けた子は生まれてこないのだ。

「もしあなたが軍隊に入っていなければ……」

「だけど、僕は入った」抑えがたい怒りに、ランスの苦しみがにじみ出ていた。「だけど君の場合と違って、僕の状況を変えてくれる奇跡は起きない」

アンドレアは言うべき言葉がなかった。どんなにささやかな希望も与えてあげられる言葉はないのだ。彼女はこれほど自分を無力に感じたことはなかった。

「言うまでもないが、子供が産める年ごろの女性で、子供のつくれない男と結婚したがる女性は多くはないのさ」

今は言うべきときではないが、ランスに愛されて彼の妻となるためなら、どんなことでもあきらめる女性はたくさんいるだろう。養子をもらうことにすればいいのだ。いずれにしろ、ランスと結婚したい女性にとって、子供のことは大きな問題ではないだろう。

しかし、よく考えてみると、アンドレアに子供が産めなかったことは、リチャードにとって大きな問題だった。彼は養子をもらう話すらしたがらなかった。結婚する前に、アンドレアが子供を産めないとわかっていれば、リチャードは彼女に興味を失い、去っていっただろう。彼は、なにもかもきちんとそろった、秩序正しい生活が好きだった。完璧でないものは、どんなものも受け入れられないのだった。

アンドレアは完璧ではないと判明したのだ。たぶん二人の夜の生活がうまくいかなかったのも、それが理由だったのだろう。彼が著作に没頭するようになったのも、それで説明がつく。

今にして思い起こせば、リチャードが亡くなった日、彼の欲望にもう一度火をつけたくて手を差し伸べたのは、アンドレア自身だったのだ。

アンドレアは両手に顔をうずめた。「ジェフは本当に悲しむわ。あなたは彼の生き甲斐《がい》なんですもの」

「父はなんとか乗り越えるさ」

「でも、あなたは？　正直に言って……」ランスのために心を痛めつつ、アンドレアは顔を上げて彼を見つめた。

「今日、診療所でおめでとうと言われたとき、ほんの一瞬だが、僕はまるで君といっしょにその子をつくったような気がしたんだ。いい気持ちだった。あんまりいい気持ちだったから、できればその子の父親にずっとなりたいと思っている」

アンドレアは体をまっすぐに起こした。いったい彼はなにを言っているの？

「君は僕に正直な答えを求めた。だから、君にも一つ質問させてほしい。僕と結婚するというのはどうだろう？」

一日のうちに二度目だが、アンドレアの世界が停止した。一分ほどして、やっと彼女は口をきけるようになった。「あなたが言っているのは便宜上の結婚のこと？」

「そういう言い方もあると思う」ランスはゆっくりと言った。「君とご主人がすばらしい結婚生活を楽しんだことは最初からわかっている。そういう愛は一生に一度しかないことも知っている。僕たちは二人とも人生の夢を打ち砕かれた経験がある。だから、無理なことを頼むつもりはない。だが、君さえその気になってくれれば、僕は、君とその子の面倒を一生見るつもりだ。僕のものはすべて君たちのものになる。僕がその子を自分の子と考えるのはむずかしくはないだろう。心音を聞いてからは、もうその子とつながっている気がするんだ。こんなことがまたあるだろうか。これは僕にとって、子供の誕生の瞬間から父親の役を果たす、またとないチャンスなんだ。よく考えてみてほしい。そして明日、僕がレンヌから帰ってきたら、じっくり話し合おう。もし君の気分がよければ、田舎までドライブして、ディナーを食べてもいい。それまで、お願いだから医者の言うことを聞いてほしい。明日はここに食事を届けるようにキッチンに言っておく。そうすれば、休んでいる間に薬の効果が出てくるだろうからね。おやすみ、アンドレア」

　アンドレアは茫然《ぼうぜん》自失の状態でランスが立ち去るのを見ていたが、このあと眠れるわけがないとわかっていた。未来のデュ・ラック公に結婚してほしいと今、言われたのだ。そうすれば、彼は子供を手に入れられる。リチャードの子を。

　でも、リチャードはもうこの世にいない。そして、まさしくこの世にいながらも子供がつくれないランスが割りこんできて、私の子供の父親になってもいいと言う。

　ということは、私は経済的な心配は一生しなくていいことになる。家にいて、母親業に専念できるのだ。そういう母親になるのを私は夢見てきたし、子供にも、育て、愛してくれる父親ができるのだ。

ランスが私の子供を深く愛してくれるのは間違いない。診療所での反応にしても、プレゼントを買ってきたときの目の輝きにしても、父親として理想の男性であることがわかった。それに、なんといっても、彼はジェフの息子だ。ジェフほどすばらしい手本はない。この子は、孫に惜しみない愛をそそいでくれる祖父を受け継ぐのだ。

喪失を経験した三人の人間が私の赤ちゃんをかわいがってくれるのだ。それほどの愛をもらえるとは、なんて幸運な子だろう。

ただ、一つだけ、ランスと結婚すると決めた場合の問題は、いずれ彼がほかの女性と出会って、真剣に恋をするようになったときだ。それでも、彼は子供のそばにいつもいてくれるだろうが、私との結婚の罠《わな》にかかったように感じるだろう。それが、もし今、私がイエスと言ったら、いつか引き受けることになるリスクだろう。

アンドレアは、ランスの苦悩、子供がつくれないという苦悩を感じたり理解したりできなければいいのにと思いながら、まんじりともせずに夜を明かした。

ランスのせいで、心の平静を完全に失っていた。彼はアンドレアの気持ちが自分に傾いているのを知っていて、故意に彼女に一人で悩ませ、その間に彼のなんとも突飛なプロポーズの是非を考えさせようとしたのだ。

それは、必死の男がとった必死の方策だった。

5

「古風でとてもすてきなレストランだわ。このホテルの名前はどういう意味？」

キャンドルの明かりの中で、ランスはアンドレアの卵形の顔を見つめた。典型的な美人の顔立ちだ。たぶん口紅以外、化粧はなにもしていない。

「〝金の栗《くり》の木〟だよ。この前、君の気分が悪くならなければ、本物を見せてあげたんだが」

アンドレアは目をしばたたいた。「本物って？」

「一九九〇年に、ここの〝帰らずの谷〟で火事があって五日間燃えつづけたんだ。そのあとで、神話的な遺産を守ってほしいと、世界中から何千もの寄付が寄せられた。父も率先してその活動に協力した一人だった」

「五日間も――」

「惨憺《さんたん》たる火事だった。フランソワ・ダヴァンというパリ生まれの彫刻家の話は君も聞いたことがあるかもしれない。彼は、その国際協力を讃《たた》えて、純金の葉をつけた大きな栗の木を作ったんだ。その木は善意の人々の永遠の夢を象徴している」

「たしかリチャードがそんなことを言っていたわ。栗の木の枝は赤鹿《あかしか》の角に似せてあるとか」

「そう。魔法の森を通り抜ける騎士たちの道案内をしてくれた動物たちと、自然を慈しむ男たちの愛の力を讃えている」

「なんて美しい話なの」

美の権化は僕の前に座っている。「クレープはどうだった?」

「ごらんのとおりよ。ほとんど食べたわ。りんごジュースといっしょに食べると、どれもおいしかったわ」

「今日の午後は、つわりは?」

アンドレアはかぶりを振った。「午後はジェフと庭で過ごしたの。つわりが始まるのを覚悟していたけれど、大丈夫だったわ。薬が効いてきたのね」

それはいい知らせだった。

シャトーを車で出てから、ランスはアンドレアの気持ちを楽にしようと、とりとめのない話ばかりしていた。彼女は夕食の間中、とてもくつろいで見えた。たぶん、例の話は断ることに決めたのだろう。だから、こんなに落ち着いて、僕と夜のデートを楽しんでいられるのだ。

一方、ランスはといえば、まったく食欲がなかった。いったん自分の提案を考えてみてほしいと頼んでしまうと、断られるかもしれないと考えるのがしだいにつらくなってきた。事実、そんなことはとても考えられなかった。おなかに子供がいようがいまいが、いつも彼女といっしょにいたいと思う自分に、彼は気づいたのだ。

今夜のアンドレアは内面から輝いていた。シンプルな黒のワンピースに真珠のネックレスをつけた女らしい体がやさしいしぐさで動くと、ランスは触れたくてしかたがなかった。低くて静かな笑い声も魅力的だ。アンドレアはささやかなひとときを楽しむ女性だった。

彼女がどういう結論に達したのかわからないまま夜を楽しむことができなくなり、ランスはレストランを出ようと告げた。

シャトーへ帰る途中、ペイモン修道院の前を通り、丘陵地帯にある小さな池でランスは車をとめた。ジェフがアンドレアに見せたがっていた場所だ。ランスはエンジンを切り、アンドレアの横顔を見た。

「子供が生まれて君が泳げるようになったら、いつか夜ここに連れてくるよ。魔法使いマーリンがヴィヴィアンを熱烈に愛するようになったのは、この場所なんだ。二人はいつもここで愛し合った。満月のとき水面に映る月は、パーシヴァルがさがしていた聖杯のように見えるよ」

アンドレアが助手席側の窓を下げると、夏の蒸し暑い夜気が入ってきた。「まるで物語の世界から抜け出てきたような場所だわ。私、ブルターニュに来てから、ずっと魔法をかけられている気がするの」

ランスはその表現が気に入った。「それは君がアーサーの異母姉の妖姫《ようき》モルガンの世界に来ているからだよ」

「あなたもその魔法の一部なのよ」アンドレアは言った。「まるで狼《おおかみ》人間のように、そのときどきで違った顔を見せるんですもの。次はなにになるのか予測がつかないわ。愛情あふれる献身的な息子？　それとも戦争で傷を負った軍人？　非の打ちどころのないもてなし役？　悲嘆にくれる乙女を救ってくれる現代の騎士？　男としての能力がなくなったと信じて傷ついている戦士？　牧歌的な子供時代を思い出してはなつかしむ少年のような大人？　未来の公爵？　非公式ながら継妹と婚約している男性？」

驚いたね。ランスは心の中でつぶやいた。

コリンヌとのこれまでのいきさつを知らない点を除けば、彼女の分析はどんな精神分析医よりもあたっている。

「もしコリンヌと結婚したければ、僕は入隊を志願していなかっただろう。それだけ言えばじゅうぶんかい？」

アンドレアは窓の外に顔を向けたままだった。「じゃあ、それはつねに彼女の側の思いこみだったの？」

「つねにね」

「ジェフはどう思っているの？」

「当然、父は僕に結婚して落ち着いてほしいと思っている。だけど、だれと結婚するかはいつも僕にまかされていた」

ランスは、アンドレアの座席の背にのせていた手で、革張りのシートを握り締めた。彼の計画に賛成してもらえる望みは急速に消えつつあった。

「どうだろう？　僕を、単に父親になりたくて、自分と君を同時に救う方法を知っている単純な一人の男として見るのは？」

「あなたに単純なところは少しもないわ」

ランスはアンドレアのほうに体を傾けた。「そう言う君は？　母親になる喜びに圧倒されている女性かい？　それとも永遠に愛する夫のためにいまだ喪に服している妻？　自分のよりどころがなかったと思っていた少女のままの女？　学位がないことを憂えている世間という大学の学生？　両親を知らずに育った悲しげな娘？　生まれて初めて自立しなければならなくて、本当にそうしたいのか不安になっている女性？」

アンドレアがランスのほうを向いて彼を見るまで、ゆうに一分はかかった。「全部あたってるわ」

「僕といっしょに未知の世界に飛びこんで、どういうことになるか、見てみたいとは思わないかい？」彼はささやいた。「一つ質問させてほしい。僕を信頼しているかい？」

アンドレアはうつむいた。「信頼していなければ、あなたと食事に出かけてきて、こういう話をしていないわ」

胸を締めつけていた緊張がとけ、ランスはほっと息をついた。「それなら、それが君の答えということにしよう。約束というものは、いずれにしろ、それだけのことだから。君と僕は二人とも行ったことのない世界へ旅立つんだ。君の冒険心も僕と同じぐらい強いのさ。そうでなければ、今またブルターニュに来ていないだろうからね。生まれてくる子供のために、そのときどきを大事にすると、おたがいに約束しよう」ランスはスーツの上着のポケットをさぐった。「手を貸してごらん」

アンドレアがすぐに反応しないでいると、ランスは手を伸ばして彼女の手をとった。指に婚約指輪をはめられながら、彼女はふるえていた。

「今日の午後、買ったんだ。梨《なし》の形をした宝石を見たとたん、君と初めて会った湖を思い出したんだ。どうかな？」

アンドレアは目の前で指を広げた。「見たこともないほどすてきなダイヤモンドだわ」緊張の瞬間にもかかわらず、彼女は思わずほほえんでいた。「でも、受け取れないわ」

ランスの胸で息が凍った。「ということは、結婚してもいいと思うほどには僕を許していないんだね。生まれてくる子供のためでも」

「違うの、ランス。そういう意味じゃないの」

ランスのはらわたはよじれそうだった。「だったら説明してほしい」

「これはあなたが愛する女性にあげる指輪だわ。私はもっと地味なものがいいの」

ランスは安堵《あんど》のあまり体がふるえた。「それが唯一、君が気にしていることなら、お願いだから、別の指輪を買ってあげるまで、それをつけていてほしい」

アンドレアが指輪をはずして魔法が解け、長年生きてきたブラックホールに舞い戻るのがこわくて、ランスは車をスタートさせようとした。そのとき、池の縁でなにか動くのが見えた。

「アンドレア……」彼はささやいた。「音をたてないで、そっと池のほうを見てごらん」

彼女は言われるとおりにした。

アンドレアのことでランスがなによりもおもしろいと思うのは、予期せぬことを受け入れる能力だった。どんなにショックを受けていても、彼女には内面的な落ち着きがあった。そういううらやむべき特性を持つ人は多くない。彼は、池に水を飲みに来た赤鹿を見ているアンドレアから目をそらすことができなかった。

突然、近くで梟《ふくろう》が鳴いた。鹿は驚いてうしろを振り返り、飛びはねて草むらの中へ消えた。

「あんなに足の速い鹿は見たことないわ。それでいて、とても優雅で、りりしくて……」

「あれは、このあたりにもうずいぶん長い間いるんだ」

「動物の写真を撮るつもりでいながら、今夜に限ってカメラを持ってきていないなんて」

「明日の夜、同じ時間帯に来て、やってくるのを待てばいい」

「とてもきれいな鹿だったわ」

きれいなのは君も同じだよ。

これ以上ここにいると、僕はしたいと思っていることをして、彼女は驚いて逃げ出しかねない。

「さあ、帰ろう。父がまだ起きていたら、僕たちの計画を教えよう」

「ジェフにはゆっくり休んでもらってからにしたほうがいいわ」

「じゃあ、そうしよう」結婚を承諾してもらったからには、ささいなことで言い争う必要はなかった。シャトーに向かって車をスタートさせると、ランスは言った。「実は、父のためによくパーティを開いてくれているエレーヌが僕の帰宅祝いのパーティを開きたがっているんだ。この際、盛大にやってもらって、それを披露宴にしたいと僕は思っている。それから結婚するのは早いほうがいいと思う。おなかが大きくなるまで待つのは賢明じゃないし、君の健康を損なうようなことはしたくない。二、三週間あれば、君の叔母さん一家に来てもらう時間もじゅうぶんあるはずだ」

「でも、それはどうかしら。叔母たちは旅費を出せないと思うわ」

「出してもらうつもりはないよ。招待するのは僕にとって光栄なんだ。君の友達にも、それから大学の教職員で親しい人がいれば、みんな来てほしい」

「ランス――」

「これは僕にとって人生に一度きりの結婚式なんだ。君の大切な人たちに会いたいし、父にしてもそうだろう。叔母さんは君をすばらしい女性に育ててくれたんだよ。君のご両親が生きていれば、きっと来てくれたに違いない。それから、そのほかの社交上の付き合いだが、心配しなくていい。おたがいにもっとよく知り合えば、僕が父のように社交好きな人間でないとわかると思うよ」

「そのことならもうわかってるわ」

「僕は家にいるほうが好きなんだ。子供が生まれたら、二人とも忙しくなるだろうしね」

二人はシャトーに着いた。ランスは車を正面にまわして、エンジンを切った。

「叔父も家にいるのが好きで、家庭的な人だったわ」

「僕もそうなるのが楽しみだ」ランスはシートベルトをはずした。「戦地では、結婚している仲間は子供から手紙や写真をメールで受け取っていた。待っている家族のある彼らがうらやましかった。だけど、あのときの状況では、僕は仕事をして、みんなに帰ってもらうほうが納得がいった」

アンドレアもシートベルトをはずした。

「そういう気持ち、わかるわ。私も長い間、希望を持たないようにしてきたから、今でも妊娠しているのが信じられないの」

「あと半年もすれば、生まれるんだ。たぶんそれまでには、二人とも信じられるようになっているよ」

過去の火傷《やけど》に懲りず、自分がもう一度女性を信じようとしていることにランスは驚いていた。軍隊を辞めるとき、こんなことは望みもしなければ、そのつもりもなかった。ランスの腕の中でアンドレアが悲しみをこらえきれずに泣き崩れたとき、彼の中で火がついていた情熱は、それが性的なものであれ感情的なものであれ、水を差されるはずだった。

ところが、その逆のことが起きてしまい、そこに問題がひそんでいた。彼が恐れているのは、アンドレアの深い悲しみに立ち入ることだった。今もまだ夫の喪に服しているこの女性をどう扱えばいいのだろう?

それが当面、ランスが闘っている大きな問題だった。アンドレアの気持ちを尊重し、自分の欲望を抑えるためには、生まれてくる子供に気持ちを集中するしかない。

その決意をしっかりと胸におさめ、彼はアンドレアの頬に口づけをし、運転席から出て、彼女が降りるのを手伝った。

見あげると、父の部屋の明かりは消えていた。

「父はもう寝ている」ランスはアンドレアを玄関広間へ、そして階段へと導いた。「父には昼食のときに話そう。それなら君も、おなかの子もゆっくり朝寝ができる。それでいいかい？」

自分の部屋の前まで来ると、アンドレアは心もとなげにランスを見た。「そうすれば、夜の間にあなたが気持ちを変えたくても、時間があるわね」

ランスは鋭く音をたてて息を吸った。「それはぜったいにありえない」

朝になってもつわりはなかったが、アンドレアは落ち着かなかった。もしジェフが二人の結婚に懸念を示したら？　それは彼の目を見れば、すぐわかるだろう。

アンドレアは着替える前に、急いで薬とビタミン剤をのんだ。それから明るい珊瑚《さんご》色の口紅をつけ、髪にブラシをあてた。髪がカーキ色のブラウスの肩にあたってしゅっしゅっと音がした。持ってきたパンツはみんな窮屈ではき心地がよくないので、二日前に着ていた巻きスカートをまたつけた。

今度、町に行ったら、新しい服を何着か買おう。自分がマタニティドレスを買いに行く、あの幸せな女性たちの仲間入りをしたのかと思うと、彼女はまだ頬をつねりたい心境だった。

階段を下りていくときには、周囲の世界がすっかり違って見えた。私は母親に、ランスは生まれてくる子の父親になるのだわ。それを承知していることがアンドレアの考え方に影響をおよぼした。彼女は生きるための新しい理由を手に入れたのだ。

ちょうどそのとき、ランスがワインレッドのスポーツシャツとチャコールグレーのズボン姿で、彼女の部屋に行こうとして階段をのぼってきた。

ランスはアンドレアの顔をほれぼれと眺めた。「今朝は違う人みたいだよ。母親になるのが合っているんだな」

「それと薬のせいだわ。昨日からずいぶんよくなったの」

ランスの厚い胸が目に見えて上下する。「それはよかった。父には昼食をいっしょにとろうと言っておいたよ。楽しみにしている」

「体のほうはどうなの？」

「いつもの父に急速に戻りつつある」彼はアンドレアを詮索《せんさく》するように見た。「こんなに急いでどこにいくんだい？」

「図書室よ。食事の前に少し調べものをしたいの」

「その間に僕も書斎で少し仕事をしてこよう」

暗黙の了解のもと、二人はいっしょに一階に下りていった。

シャトーの図書室にはデュ・ラック一族に関する貴重な書物はもちろん、アーサー王伝説のあらゆる面を扱った何千冊もの本が集めてあった。その中には、ブルターニュ地方の言語であるブルトン語で書かれたものもあった。

アンドレアはデュ・ラック家の歴史が興味深いものであることに気づいた。リチャードがどうしてこの地方の伝説に没頭するようになったかがわかった。円卓の騎士についてのさまざまな解釈は、人をいつまでも夢中にさせてやまないのだ。

二時間後、アンドレアがパーシヴァルの聖杯探求についての英文記事を読もうと椅子に座ったとき、廊下で女性の声がした。たぶんメイドたちの立ち話だろう。彼女は記事を読みつづけ、話しかけられるまで、部屋に人が入ってきたことに気づかなかった。

「ミセス・ファーロン?」

「はい?」アンドレアは椅子から立ちあがった。背の高い金髪女性が部屋の中にいた。高価そうなピーチ色のスリーピースを着た、はっとするほどの美人だ。年齢はアンドレアと同じか、少し上だろう。

「私、コリンヌ・デュ・ラックよ」

デュ・ラックですって?

ということは、母親がジェフと結婚したとき、彼女はジェフの姓を名乗ることにしたのだ。

「はじめまして」

ランスと結婚するつもりの女性は落ち着きはらっていた。でも、当然だろう。ジェフは彼女をかわいい娘のように迎え入れたはずだ。ジェフはそういう人だから。

コリンヌがそばに来ると、淡いブルーの目をしているのがわかった。「あなたがここにいらっしゃる理由はブリジットから聞いたわ。最近、ご主人を亡くされたそうね。心からお悔やみを申しあげますわ」

「ありがとうございます」

「ご主人の本に必要なものはみんなそろったのかしら?」

「ええ、だいたいは。あとは赤鹿か猪《いのしし》の写真が撮れるといいんですが」

「どちらもなかなか姿を現さない動物ね。私、ここの森で猪を見たことは一度もないわ。それには時間がかかるわね。もしよろしければ、管理人に頼んで、待ちぶせて写真を撮ってもらいましょうか。できた写真は私が送ってさしあげるわ」

コリンヌはとても上手な英語を話した。アンドレアは驚くばかりだ。「ご親切にありがとう。私はジェフのおかげでここに泊めていただいているのだけど、本当にすばらしい方ね」

「彼のことはみんな大好きよ。でも、私ほどじゃないわ。ジェフは私にとってただ一人の父親なの。本当の父は母と私を捨てていったから」

「まあ」アンドレアは同情を覚えた。「私は四歳にならないうちに両親を亡くしたから、そのために心に大きな穴があくのはわかるわ」

「私の心の穴はジェフがうめてくれたわ。彼は私の母と離婚しても、私との関係は変わらないようにしてくれたの」

今のところ、ランスの名前は出ていない。意図的にそうしているのだろうか。

「そうでしょうね。彼はとても純粋だから」

「私たち、おたがいに大好きなの」

アンドレアはその言葉を疑わなかった。

少し間があって、コリンヌが言った。「たぶん、もう言われたと思うけど、あなたが泊まっている部屋の写真は撮ってはいけないのよ。ジェフはあの部屋のことはなにも公表したくないから」

「ええ。あの部屋に泊めていただいているだけで光栄だと思っています」

「あなたは自分がどんなにラッキーか、少しもわかっていないのよ」

あら。今の言葉には縄張り意識が感じられるわ。

「あとどれくらいでアメリカにお帰りになるの？」

ききたくてたまらなかった質問がついに飛び出した。

「まだわからないんです」

「お仕事に戻る必要はないの？」

「私がエール大学で働いているという意味でおっしゃっているのなら、その答えはノーです。私は夫の研究を手伝っていただけだったから」

「これからはなにをなさるつもり?」

「アンドレアはこれから忙しくなるんだ」

その低い声は間違いなくある男性のものだ。ランスが部屋に入ってきたのにアンドレアは気づいていなかった。

コリンヌがくるりと振り返った。「ランス」彼女は恋しさを隠そうともせずに叫んだ。

「帰ってきたって聞いたのよ!」

「やあ、コリンヌ」ランスは背後のドアを閉めたが、コリンヌのそばへ行こうとはしなかった。「先に二人で会ってくれてよかった。紹介するために君をさがしに行かなくてすんだからね」

「今、ミセス・ファーロンにご挨拶《あいさつ》をしていたところなの」コリンヌは急いでランスのそばへ行き、彼の腕をつかんだ。「やっと帰ってきてくれたんだから、二人だけになれるところに行きましょう。本当に久しぶりだわ。話したいことも聞きたいことも山ほどあるのよ」

「それはあとにしよう。今は君に大事な話があるんだ」

「パパのお客様の前ではだめよ」コリンヌが声をひそめて言った。

「これはアンドレアに関係があるんだ。それに早いほうがいい」

この時点で、コリンヌはあわてて顔を上げ、宇宙人でも見るかのように、アンドレアをじっと見つめた。「いったい彼女が私たちとなんの関係があるの？」

「君は十年前、僕の継妹になったのだし、僕たちはいわば家族なんだから、とても関係あると言えるね」

コリンヌは自信なさげな顔になった。「ランス……なんのことか、わからないわ」

「じゃあ、教えてあげよう」

ランスはコリンヌの手を腕からはずし、離れたところにいるアンドレアのそばに行った。そして驚いているアンドレアの肩に腕をまわして抱き寄せた。

「コリンヌ？」彼はそこに呆然《ぼうぜん》と立っている女性に話しかけた。「もう君に話してもいいだろう」

「なにを？」

「僕は恋をしているんだ。結婚する女性が見つかったんだよ」

ランスがしっかりつかまえてくれていて助かった。そうでなければ、アンドレアはその場にくずおれていただろう。

「父さんがこの調子でよくなれば、三週間後には結婚したいと思っている」

コリンヌの顔から血の気が引いた。「結婚……」

ランスはアンドレアを抱く手にさらに力をこめ、彼女の顔を見て言った。「あっという間にこんなことになって、僕たちも信じられないくらいだね、いとしい人《モナムール》。君に出会うまで、一目惚《ぼ》れなんて信じていなかったんだ」ランスは顔を近づけ、肝をつぶさんばかりに驚いているアンドレアの唇にしっかりとキスをしてから、コリンヌのほうを振り返った。「君が喜んでくれているのはわかっているが、頼みがある。父さんはまだ知らないんだ。このことは昼食のときに話すつもりだ」

ランスのひげを剃《そ》ったばかりのなめらかな顎がアンドレアの頬に触れる。感情が激しく乱れているにもかかわらず、ランスの肌の感触に、彼女の体に熱いものが渦巻いた。

「二人にはいい友達になってほしい。ところで、話のじゃまをして申し訳ないが、ちょっとしたことがあって、アンドレアと二人で話があるんだ」

ランスはアンドレアの手をつかんでドアのほうへ歩きだした。コリンヌは悲痛な面もちでランスをじっと見ていたが、二人よりも先に部屋を出ていき、スーツの上着の裾《すそ》を翻して、廊下の先に消えた。

ランスは階段へ向かった。三階に着くまでぜったいに放すつもりがないと言わんばかりに、彼はアンドレアの手をさらに強く握り締めた。

6

アンドレアはランスより先に緑の間に入っていった。彼女がベッドのそばのテーブルに近づき、グラスの水で薬をのんでいる間に、ランスはドアを閉め、そのドアに寄りかかった。

「君は今のことの説明を聞く権利があるし、僕は説明するつもりだ。僕を地獄に突き落とす前に、話をひととおり聞いてほしい」

アンドレアは頭痛のしてきた額をこすった。「聞いているわ」

ランスはゆっくりと部屋の中を歩きだしたが、すぐに立ちどまった。「僕はコリンヌが帰ってきていることはまったく知らなかった。ありがたいことに、彼女が図書室に向かうのを見たとアンリが教えてくれた。君をすぐにあそこから連れ出す必要があったが、そうするには方法は一つしかなかった。今度ばかりは、彼女が気づく前に致命的な一撃を与えることができた」

アンドレアがくるりと振り返った。「あれはたしかに致命的だったわ」彼女の声はふるえた。「あれほど打ちのめされた人を見たのは初めてよ。今ごろはたぶんジェフのところに駆けこんで、なにもかも話しているでしょう」

ランスの唇に残酷な笑みが浮かんだ。ほんの数分前、その唇をアンドレアは自分の唇に感じ、その影響でまだ足元がふらついていた。

「そうしたいだろうけど、その勇気は彼女にはないね。今のところ、自分の立場に自信が持てないだろうから」

アンドレアは怒りを爆発させた。「おそらくあなたは、私があなたのお父さんの家に客として来ているのを忘れたのね。私はこのすばらしい部屋に泊めてもらい、図書室を使わせてもらっているのよ。たとえ私があなたと結婚することにしたとしても、コリンヌを巻きこんだ策謀に荷担させられては、ジェフに恩返しをすることにはならないわ」

「心配しなくていい。父はこのことで君に責任はないと知っているから。コリンヌと僕の問題は昔にさかのぼるんだ」

二人はたがいの目をしっかりと見つめた。ランスの目は青い部分がほとんど見えないほど瞳孔《どうこう》が開いていた。

「ランス――」

「お願いだから、僕が話す間、座っていてくれるかい？」ランスは感情的になって言った。

「もし僕のせいで、おなかの子供になにかあったら――」

ランスの心配そうなまなざしと声に動かされて、アンドレアは言われたとおりにした。実のところ、コリンヌといやな出会い方をしたあとだけに、彼女はひどく疲れていた。

アンドレアがベッドに腰を下ろして枕《まくら》に寄りかかると、ランスがかがんで脚をベッドに伸ばさせた。触れられるたびに、ますます彼を意識してしまう。

ランスは前と同じく、椅子をベッドのそばに引いてきて腰を下ろした。そして観念したとも敗北したともとれるしぐさで髪をかきあげた。

彼は顔を上げ、つぶやいた。「なにから話そうか」

アンドレアは唇を湿した。「最初から、お願い」

ランスの唇の端がきゅっと上がった。「最初は幸せな三人家族だった。僕がレンヌにある大学の工学部の学生だったとき、母が流感で倒れた。母は免疫力が弱かったから、それはかなりこたえた。ここからレンヌまでは車でわずかに四十分なんだ。僕は一時的に家に帰ってきて、父といっしょに看病したが、肺炎になるのをくいとめることはできず、それで母は亡くなったんだ」

「なんてお気の毒なの」ランスが除隊してきたら、今度はジェフが同じ病気にかかっていたのだと思うと、アンドレアの胸は締めつけられた。

「あれは本当にたいへんな時期だった」ランスの目にわびしげな表情が宿った。「それからは、父にとっても僕にとっても、生活はそれまでと同じではなかった。僕は学位をとるまで大学で勉強を続けたが、父はだんだん気力をなくしていった。僕が卒業したとき、エレーヌと夫のイヴが僕のためにパーティを開いてくれて、そのパーティーで父はオデット・ドゥ・ラ・グランジュに出会ったんだ。オデットは離婚歴のある魅力的な女性で、パリから来ていた。エレーヌによれば、オデットの夫は離婚しても、彼女が経済的に不自由のないようにしてくれたらしい。オデットの娘のコリンヌは両親の離婚で傷つき、次から次へと相手を変えて交際していたが、いつもうまくいかないという噂《うわさ》だった。コリンヌに必要なのはしっかりした保護者だった。そのとき彼女は二十二歳で、僕より二つ年下だった。父は寂しかったんだ。心にすき間があるとき、だれかを必要としている二人の女性が父の保護本能を目覚めさせたんだね。それで父は再婚したんだが、オデットはすでに文無しだとわかった。父はそんなことは気にしなかった。それよりも二人の面倒を見て、コリンヌのよき父になることが彼には大事だった」

「ジェフはとてもやさしいから」

ランスは顔をしかめた。「残念ながら父は、野心的な継娘《ままむすめ》がそれよりも多くを求めていることにまったく気づいていなかった」

「つまり、コリンヌはあなたを手に入れたかったのね」

しばらく間があって、ランスが言うのが聞こえた。「そうなんだ」

アンドレアは元気を出そうと大きく息をした。「彼女、美人だわ」

ランスが喉の奥から奇妙な声を出した。

アンドレアは膝を立てて胸に抱き締めた。「いったいコリンヌがなにをしたの?」

「というより、彼女がしないことはなかった」ランスは苦々しく言った。「彼女は僕の行く先々に現れた。父を喜ばすために、僕はいい友達になろうとしたが、彼女がねらっているのは別のものだった。影のようにつきまとうコリンヌを僕は追いはらうことができなかった」ランスは手の甲で目をこすった。「父が再婚する一週間前に、僕はモン・サン・ミシェルに数日招待された。僕のガールフレンドの両親がそこでレストランをやっていたんだ。僕にはその休暇が必要だった。ところが、あっという間に、コリンヌがいつもの、一人置き去りにされたというお涙ちょうだいの話を携えて現れた。僕たちといっしょにいてもいいかしら、と言ってだよ。僕はあきれてものが言えなかった。常識はずれもいいところだ。まともな母親なら自分の娘の面倒を見るだろうが、オデットもまともじゃなかった」

「そのようね」

「僕のガールフレンドも驚いたが、彼女はたいしたものだった。コリンヌが歓迎されているように思わせてくれて、それで、その旅行は惨憺《さんたん》たる結果にならずにすんだ。だが、僕のコリンヌへの嫌悪感はさらに強くなった。そばにいられるだけで耐えられなくて、極力避けた。父の結婚式がすんだら、彼女はパリに帰るものと思っていた。ところが、南フランスにハネムーンに行く前になって、父が言ったんだ。オデットがパリのアパートメントを維持していけないから、コリンヌにはしばらくシャトーにいっしょに住むように言ったとね。それを聞いて、僕は愕然《がくぜん》とした。僕は大学を卒業したばかりで、レンヌに住んで、そこにある水力発電所で働くことに決めていた。だが、コリンヌが僕の居所を突きとめて、またつきまとうのはわかっていたから、その考えは捨てた。父の結婚披露宴が終わったあとで、僕はがっくりして自分の部屋に入っていった。そして、そこで見たのは、一糸まとわずにベッドで待っているコリンヌの姿だった」

アンドレアはうめいた。

「僕は胸が悪くなった。自分の部屋に行くように言っても、彼女は聞かなかった。恐ろしい物語がついに本格的に始まったんだ」

アンドレアはランスをまじまじと見た。こんなに恐ろしい話をでっちあげるなんて、だれもできないわ。

「するべきことは一つしかなかった。僕は荷物をまとめてシャトーを出た。彼女は僕のあとを車まで追いかけてきた。しかも僕のバスローブを着てだよ。彼女がそのとき、なんて言ったかわかるかい？」

「想像もできないわ」

「もし私から逃げたら、ママとジェフにあなたが私をレイプしようとしたって言うわ」

アンドレアはあきれて口がきけなかった。

「僕は彼女をののしって、車で立ち去り、ジルの家に泊まった。ジルは僕の親友で、彼となにもかも語り合った末に、僕にできることは、期限を決めずに国を出るしかないという結論に達した。それならコリンヌはどうやっても僕に近づけないだろうし、あきらめるだろうとね」

「それで、あなたは入隊を志願したのね？」

ランスはアンドレアをまじめくさった顔で見た。「それしか解決策はなかったんだ」

「ジェフはとても悲しんだでしょうね」

「実際には、父は新しい妻とその娘のことで頭がいっぱいだった。そして離婚するまでには、僕がいないことに慣れてしまっていた。もっとも、父は最初から正直な気持ちを上手に隠していたんだと思う。新婚旅行から帰ってきた父に僕は電話をかけて、これまで勉強してきた専門技術を使える機密情報部の士官として志願することにしたと伝えた。コリンヌが脅迫を実行に移していて、父から説明を求められるだろうとなかば予想していたんだ。ところが驚いたことに、国のために奉仕する道を選んだ僕を誇りに思うと言われた。そしてコリンヌに聞かされたことを打ち明けてくれた。どうやら彼女は父に、僕たちは深い仲になって惹《ひ》かれ合っているのだが、ある程度の期間、離れてみるのがいいと僕が思ったと言ったらしい。今度、僕が休暇で帰ってきたとき、おたがいの気持ちを確かめて、結婚するかどうか決めるつもりだとね」

「あなたが言ったとおりね」アンドレアはつぶやいた。「彼女は信じられないほど頭がいいわ」

「精神に異常をきたした雌狐《めぎつね》のようにずる賢いんだ。父の新しい結婚生活に波風を立てないように、父にはコリンヌの嘘《うそ》を信じさせておくことにした。いずれ彼女は自分の途方もない夢物語をあきらめて出ていくだろうと期待したんだ。だが、母親がまた僕の父と離婚すると、自殺未遂で入院するはめになった」

それを聞いたアンドレアは胸が悪くなり、横になっていられなくて、ベッドから出た。

「彼女は本気だったの？」

ランスは両手を握り締めた。「本気で死ぬつもりだったとは思わないが、なんとも言えない。コリンヌの人を操る才能はたいしたものだから。僕の父を自分の新しい父親だと言って、その関係を失うつもりはないんだ。父はかわいそうに思って、シャトーに連れて帰ってきたんだが、彼女はゆっくりと触手を伸ばして父を取りこみはじめた。父は再婚がうまくいかなかったことで自分を責め、彼女にそれを許したんじゃないかと思う」

「それは理解できるわ。人はさまざまな形で罪をあがなおうとするから」

「たしかに」

「でも、ジェフが苦しんでいる間、彼女の本当の目的は、あなたをじっと待つことだったのね」

「残念ながら、そうだった。父はオデットのためにパリにアパートメントを借りてやったが、コリンヌはそのまま父のそばにいて、旅行に行くとき以外はシャトーから出ていくことはない。僕は自分の体の状態を知ってから、任務を続ける以外、人生になにも意味を見いだせなかった。休暇はコリンヌの留守をねらってとり、父に会いに来た。だが、どうしても彼女を避けられないときもあった」

「十年の亡命生活というのは、あまりに大きな代償だわ」

今度はランスがうめいた。「なにもかもどうでもいいときは、月日がたつのにも気づかないものさ。だけど、アンリから父が病気だという電話をもらって、父には僕が必要だと気づいた。そのとき、家に帰ってくる決心をしたんだ」

アンドレアは大きく息をして、気を持ち直した。「あなたが私に結婚してほしいと言った本当の理由はコリンヌじゃないのね」

ランスのまなざしは冷たく、かたくなになった。

「そんなことを尋ねるようなら、君は僕のことをまったく理解していないし、この結婚は決してうまくいかないだろう」

「行かないで、ランス……」ランスが部屋から出ていこうとするので、アンドレアは叫んだ。「私は理解しようとしているのよ。さっきあなたがコリンヌの前でキスをしたのは

――」

「あれは自然にそうしたくなったんだ」彼はアンドレアに最後まで言わせずに続けた。「僕たちはもうすぐ結婚する。子供もできる。二人だけのときは、君に望まないことをしてくれとは頼まないが、人前では、僕は君を妻として扱うつもりだ。そのことに問題があるなら、今、言ってほしい」

アンドレアはごくりと唾《つば》をのみこんだ。「ないわ、もちろん」

「じゃあ、そろそろ階下《した》に行こうか」

部屋を出るとき、ランスは指をからませてアンドレアの手をしっかりと握った。テラスに出るドアの前まで来ると、彼はアンドレアのほうを向き、両手を彼女の肩に置いた。彼の目は強烈な光を放っていた。

「もしコリンヌといっしょにいていやな思いをするようなら、こんなことはやめていいんだよ。父にはあとで僕から話す」

「それはだめよ、ランス。彼女はあなたの家族なのよ。もし今、話さなければ、いつ話すの?」このままでは、精神を病んでいる一人の女性の嘘で、彼も彼の父もがんじがらめになっているだけなのだ。

「アンドレア」ランスがかすれた声で呼んだ。

彼はまたキスをしようとしているのだとアンドレアが思ったとき、コリンヌがドアを開けた。たぶんドアの反対側で二人を待っていたのだ。

コリンヌはランスを見て、奇妙にもほほえんだ。「ジェフがお待ちかねよ」

「わかっているよ」

ランスがアンドレアをエスコートしてコリンヌの先に立ち、三人は食事の用意がしてあるテラスへ出ていった。

ジェフがアンドレアに視線をとめた。「すばらしい。これで、みんなそろった。ゆうべ、ランスはあなたをどこにディナーに連れていったのかね」

「〈金の栗《くり》の木〉という小さなホテルです。ベーコンクレープがとてもおいしかったわ」

「ということは、マーリンの逢《あ》い引《び》きの場所にも連れていってもらったのかな」

アンドレアはうなずいた。「ええ、みごとな赤鹿《あかしか》を見ました」

ジェフはほほえんだ。「写真は？」

「撮れなかったんです」アンドレアは静かに笑った。「そんなものじゃありません？」

テーブルの下でランスがアンドレアの腿に手を置いた。すでに敏感になっている彼女の体に熱いものが渦巻く。「いずれ別の晩に、しっかり準備して、また連れていくつもりだよ」

コリンヌがジェフの隣の席についた。「あなたからとても大事な知らせがあるって、ジェフに言ったのよ、ランス」

「だけど、彼女の口を割らせることはできなくてね」ジェフが言った。

「コリンヌはいつも信用できるんだ」ランスがまじめくさって言うので、事実を知らされていなければ、言葉に含みがあることにアンドレアは気づかなかっただろう。「実際、君は僕の秘密をずっと守ってくれて、いい妹だったから、今日は君から父さんに話すのを許してあげるよ」

コリンヌがランスの皮肉に不意を突かれたのは明らかだった。しかし、彼女は驚くべき冷静さで持ち直し、ワイングラスにまわした両手の指を組んで、ジェフのほうを見た。

「こんなこと、信じる？　ランスとミセス・ファーロンは愛し合っていて、すぐにも結婚するつもりなんですって。いったいどうなっているの？　ランスが帰ってきてから、まだ三、四日しかたっていないのよ」

「信じるよ」ジェフがほほえんだ。「私はこの目で見ていたからね」

ジェフはなかなかの演技者だとアンドレアは思った。彼の言葉に肩すかしを食らって、コリンヌはアンドレアのほうを見た。

「あなたがご主人を亡くしたのはいつだったかしら？　たしか二カ月前？」

「三カ月前よ」

コリンヌの視線がアンドレアの左手に飛ぶ。「こんなにすぐ再婚していいものかしら。それは亡くなったご主人にもらった指輪？」

「僕が買ってあげたものだよ」ランスが口をはさんだ。彼はジェフを見た。「ゆうべ、アンドレアにプロポーズしたんだ。彼女はイエスと言ってくれた」

アンドレアは、ジェフがつねに紳士らしくふるまうのは知っていたが、彼の目がうれしそうに輝くとは予想していなかった。ジェフは二人をしばらく見つめた。

「ランスが五体満足で帰ってきてくれたことを別にすれば、これほどうれしい知らせはないよ。二人ともおめでとう」ジェフは立ちあがり、テーブルをまわってアンドレアのところへ来た。「あなたを家族として歓迎させてほしい」

アンドレアは立ちあがり、ジェフと抱擁を交わした。両の頬に口づけをされながら、彼が本当に喜んでいるのが伝わってくる。これはまったく演技ではない。そうわかると、アンドレアは心からほっとした。

ジェフがランスに手を差し出し、二人は無条件に愛し合っている父と息子ならではの温かい抱擁を交わした。

コリンヌは感情を抑えていた。「だれにも信じてもらえないわ。こんなに短い間に好きになるなんて」

「どうしてかな?」ジェフは自分の席に戻った。「人を好きになるのに理由はいらないんだよ。ランスがアンドレアに妻になってほしいと頼んだんだ。さあ、結婚式の準備をしなければ」

「でも、ランスは彼女と結婚できないわ」コリンヌが唐突に言った。

ジェフはコリンヌをじっと見た。「それはいったいどういう意味だね？」

「だって、しかるべき期間を空けていないのよ。ご主人が亡くなって間もないのに、人がなんて言うかしら」

「コリンヌ？」アンドレアは話しかけた。「結婚すると、私たちは親戚《しんせき》になるのだから、あなたに知っておいてほしいことがあるの」

コリンヌが口元をこわばらせた。「ほかにまだなにがあるの？」

「きっとあなたも知っているわね。一つの扉が閉まったとき、別の扉が開くということわざを。たしかに私の夫が亡くなって間もないけど、彼はすばらしい贈り物を私に残してくれたの」

「なんのことを言っているのか、さっぱりわからないわ」

「私、妊娠しているの」

それを聞くと、コリンヌは愕然としたのか、すっかり静かになった。

「私とおなかの子の健康を考えて、ランスと私はできるだけ早く結婚することにしたのよ」

「パパはこのことを知っていたの？」コリンヌはジェフに詰め寄った。

ジェフが唇の端にふっと笑みを浮かべた。「昨日、ドクター・フシェが往診にいらしたとき、アンドレアが診療所のドクター・サンプリに診てもらった話を聞いたよ。もちろん口外しないと約束したんだが、さあ、もう声を大にして言える」

「父さん、これで待望の孫ができるんだよ」

ランスの声には隠しきれない感動がにじみ出ていた。彼のプロポーズを受け入れてよかったのだとアンドレアは思った。

「でも、デュ・ラック家の子じゃないわ」

ランスが鋭い音をたてて息を吸った。「僕たちが結婚すれば、そうなるさ」彼はコリンヌに告げた。「実際、まったく同じようにして、オデットが父さんと結婚したとき、君はデュ・ラックを名乗るようになったんだよ」

コリンヌの目に不可解な表情を認めて、アンドレアは背筋が寒くなった。

「妊娠に最初に気づいたのはいつだったのかな?」ジェフが知りたがった。

「お医者様に言われるまで、まったく知らなくて、いちばん驚いたのは私自身だったんです」

続けて、アンドレアは過去に不妊症と診断されていたことや、森で気分が悪くなってランスに助けてもらってから起きた一連の出来事を語った。

「あなたの息子さんはランスロットの名に恥じない行動をとってくれたんです。気高い行為のために、トネール以外、なにも必要としなかったところはまさしく本物の騎士でした」

ジェフが笑った。「それでわかったよ。どうしてブリジットがあなたのことを心配していたかがね。ここに来てから、あなたがなにも食べていないと言っていた。私の妻も最初はそうだった。なにも口にできなかった」

「明らかに、その苦労はすべて報われたのですね」

「いかにも」ジェフはランスを見た。「最高にすばらしい息子を産んでくれた」

「ええ。あなたとランスは親子でいられて幸せです。私、自分の子が生まれるのが待ち遠しいわ」

「名前はもう考えてあるのかな?」

「あわてないでくれよ、父さん」ランスが割って入った。「アンドレアは子供ができたと知ったばかりなんだよ」

「実は、何年も前から考えている名前があるんです」アンドレアが口をはさんだ。「信じられないでしょうけど、リチャードの曾《そう》祖父はフランス系カナダ人で、ジョフォア・ファーロンという名前だったんです」

「なんということだ!」ジェフが叫んだ。

「男の子にはその名前をつけようといつも思っていました。あなたに最初に会ったとき、あなたの本名を知り、この名前は私にとってさらに深い意味を持つようになったのです。

もちろん、女の子ならジャーメインと名づけるつもりです。これはリチャードの曾祖母のミドルネームです」

ジェフは満面の笑みを浮かべた。「これは祝杯をあげなくては！」

「子供が生まれるまではだめだよ」ランスが釘《くぎ》を刺した。「アンドレアに酒は飲まさないでほしい」

彼はいつも私を守ってくれる。アンドレアは、ランスに世話を焼いてもらうのが気に入っている自分を認めざるをえなかった。これまで一度も味わったことのない贅沢《ぜいたく》だった。

彼女はお祝い気分なんです。ジェフの腕に手を触れた。「このすばらしい家に泊めていただいているだけで、私はお祝い気分なんです。正直言って、ブルターニュに来てからずっと、まるで美しい夢の中にいるような気がしているんです」

ランスが苦笑いをした。「つわりさえなければね」

アンドレアはおかしそうに笑った。「とてもすてきなものを授かるときには、多少の苦しみは我慢しなければならないのよ。私に奇跡が起きたんです。ランスが買ってきてくれた本を読んでいたら、あと三カ月すると、私の赤ちゃんは指も爪もまぶたもそろうんですって」

ジェフがうれしそうに笑った。「子供部屋を用意する必要があるね」

「みんな考えてあるんだよ、父さん。明日朝一番にアンドレアをレンヌに連れていくつもりなんだ。母さんの実家を見せようと思う。あの家を使えるようにして住むつもりなんだ」

コリンヌは眉一つ動かさなかった。

ジェフが感慨深げにうなずいた。「彼女が生きていたら、どんなに喜んだだろう」

「アンドレアに家を見せたら、子供部屋の準備に取りかかるつもりだよ」

「その間に、私たちはエレーヌに連絡をとって、披露宴の準備を進めようかね、コリンヌ」

「もちろんよ」

アンドレアはこの女性を信用しなかった。コリンヌの言動は自然でもまともでもない。

「雨になるといけないから、披露宴は家の中でしよう、父さん」

「私も同じことを考えていた。一階の部屋を全部使おう。エレーヌにはいつがいいと言おうか？」

「アンドレアと僕は三週間後を考えている。六月三十日はどうかな？　土曜日だし。できるだけ招待客の数を限って、挨拶《あいさつ》のためにアンドレアが長時間立っていなくてすむようにしたい。リゾーの聖ヴィエルジュ教会には僕から電話をするよ。午前中に式をすませて、そのあとでパーティをするのがいいと思う」

「それがいい」

「あなたはなにも言うことはないのかしら、アンドレア?」コリンヌがついに一言、質問を試みた。

「ゆうべ、ランスと食事をしながら細かいことまでみんな話し合ったの」

ジェフが大きな声で笑った。「二人を見ていると、ランスの母親と私が結婚したときのことを思い出すよ。妻は二人だけのときは自分の意見を通したが、人前では私に合わせてくれた。私はいつも友達の羨望《せんぼう》の的だった」

「奥様にお会いできればよかったのに」

「私もそう思うよ、アンドレア。本当にね」

おそらくジェフの声にもの悲しさが感じられたせいだろう。ランスが立ちあがり、昼食を終わりにした。

「これからアンドレアと村まで結婚許可書をもらいに行ってくる。夕食のとき、また会うよ。君のオーストラリア旅行の話も聞きたいしね、コリンヌ」

「私もよ」アンドレアが口をそろえた。「私はここに来た以外、アメリカ国内しか旅行したことがないの。ジェフに聞いたけど、あなたは世界中を旅してまわっているんですってね。うらやましいわ」

なにも返事が返ってこないので、ランスがアンドレアのウエストに手をまわして立ちあがらせた。

ジェフが笑顔で見あげた。「二人のおかげで本当に幸せな気分だ。この家にもう一人、娘ができるばかりか、孫までもうすぐ生まれるとはね。これ以上なにも言うことはない。そうだね、コリンヌ？」

アンドレアはジェフに感心した。彼はコリンヌの手前、なにも問題がないふりをしているのだ。だが、この知らせによって、コリンヌの世界が粉々に打ち砕かれたのを全員が知っていた。

コリンヌが椅子をうしろに引き、立ちあがった。彼女はランスを見すえていた。「あなたが出かける前に、ちょっと話があるの」

アンドレアはランスの腕に触れた。「私、ハンドバッグをとってくるわ。車のところで会いましょう」

ランスは彼女を安心させるように軽くキスをした。「すぐ行くよ」アンドレアがフレンチドアの向こうに消えると、彼はコリンヌのほうを振り向いた。「さあ、行こうか」

ランスは父親を見て軽くうなずいてから、コリンヌの先に立って玄関広間へ向かった。車のところに来るまでにコリンヌが追いついた。

「こんなことをするなんて。私、ジェフに本当のことを言うつもりよ」

ランスは運転席のドアを開け、乗りこんだ。「その本当のこととはどの話だい、コリンヌ？　父さんがハネムーンに行っているとき、僕たちが深い仲になったという作り話かい？　それとも十年前、君が僕を誘惑しようとして、僕が断ったことかい？」

「ランス……」コリンヌはさらに近寄った。「あなたがこの結婚をやめて私と結婚すれば、私はすべて水に流してあげるつもりなのよ」

まともな精神状態でない人間と正面切って対決するのはこわいものだ。「君は妄想を抱いているんだよ、コリンヌ。カウンセリングが必要だ」

「私に必要なのはあなたなの」コリンヌの目にはおかしな輝きがあった。「私にはそれだけの権利があるのよ」

「権利が？」

「あなたをずっと待っている間、私は娘のようにジェフに尽くしてきたんだから」

「だったら、その恩恵はもう受けているだろう。彼の愛情を君は手に入れたんだ」

「ジェフだって、私たちに結婚してほしいと思っているわ」

「そんなことはない。それは君がずっと昔にでっちあげた作り話だ。それを君は本当のことだと信じているんだよ」

「私、彼に孫を産んであげるって言ったのよ」

「だったら、君と結婚したい男性を見つける必要がある」

「結婚したい男性なら、とっくに見つけているわ」

「その気持ちはおたがいに持っている必要があるんだよ、コリンヌ」ランスは穏やかに続けた。「僕が君と結婚したいと思ったことは一度もない」

コリンヌは不可解な笑みを浮かべてランスを見た。「ジェフに嫌われることになってもいいのね」

もうこんな話はたくさんだ。ランスは車のエンジンをかけた。コリンヌがドアに手をかけた。

「私の言うことをしっかりと聞いておくのね、ランス。あなたがこの茶番としか思えない結婚話をなにがなんでも実行に移すつもりなら、私にも考えがあるわ」

ランスはかぶりを振った。「残念ながら、君は僕に復讐《ふくしゅう》することばかり考えて、長い年月を無駄にしたようだね。その間にまともな人間になるように努力することもできたのに。僕のあとを執拗《しつよう》に追いかけても、父さんに嫌われるだけだ。そしたら、君はどこに行くんだい？　なにをやり遂げたことになるんだ？」

ランスがそう言ったとき、アンドレアがシャトーから出てきた。その姿を見ただけで、彼の胸は高鳴った。

「驚いても知らないから」コリンヌは低い声でつぶやいた。

それ以上コリンヌに耳を貸さず、ランスは車から出て、未来の花嫁のために車のドアを開けた。彼女の体には大切なものが宿っているのだ。無事に子供が生まれるのを見届けるまで、彼はなんでもするつもりだった。

7

それから八時間後、アンドレアはやっと自分の部屋でランスと二人きりになれた。彼の表情がきびしいのは、なにかあった証拠だ。

「ジェフのことはあなたがいちばんよく知っているわ。今夜、食事のとき、彼は上手に演技をしていたんじゃないのね」

「それはない。実際、コリンヌを傷つけないように、父はうれしさを我慢しなければならなかったくらいさ」

「だったら、私がすでに知っていること以外に、なにが問題なの？」

「コリンヌのことなんだ」

アンドレアはうなずいた。「わかっていたわ」

「僕もわかっているつもりだった……」

ランスがおかしな言い方をするので、アンドレアは背筋が寒くなった。「今日の昼、私がバッグを持って車のところに下りていくまでに、彼女になんて言われたの？」

ランスはアンドレアの両の腕を上下にさすった。「脅迫されたよ」

「なんて言って?」

「言うだけの時間を僕が与えなかった」

「でも、無視することはできないんでしょう? どうして村に行っているとき、話してくれなかったの? このことでは私たちはいっしょだと思ったけど」

ランスはアンドレアの顔をつくづく見た。「君によけいな心配をかけたくなかった」

「もう心配しているわ。彼女の行動はまともじゃないもの。あるときはヒステリックかと思えば、次の瞬間、嵐《あらし》の前のようにおとなしくなるし」

「コリンヌは精神を患っているんだ。きっと父もそう思っている。今夜、父は言葉を慎重に選んでいたからね」

「私が知りたいのは、あなたがどう考えているかよ!」

ランスは両手でアンドレアの腕をつかんだ。「ゆうべ、僕を信頼しているかと尋ねたら、君はイエスと答えた」

「ええ、信頼しているわ」

「だったら、これはまず、僕のやり方でやらせてほしい。すでに手は打っておいた。もし君に話す必要が出てきたら、必ず話す。それまで、なにもかも二人でいっしょに行動しよう。君を一人にしておくことはしないつもりだ」

彼がそういうことを言うなら、理由は一つしかない。「あなたは、コリンヌがなにか肉体的に危害を加える恐れがあると思っているの?」

ランスは顔をしかめた。「今の時点では、なにをしでかすかわからないと思う」

アンドレアはうめいた。「ジェフが私たちを祝福してくれたとき、コリンヌは自分の夢が打ち砕かれたのがわかったのよ。彼女の中には暴力的な感情があるわ、ランス」

「それはいつもあった」

「湖であなたは、その傷を負わせたのは女性だったと言ったわね。女性といえども、毎日のように男性を相手に犯罪を犯しているわ。コリンヌが勝手にあなたの部屋に入っていたときのことを考えると……彼女があなたを結婚させないために同じようなことをするのを未然に防ぐ方法はないわ」

ランスはアンドレアの額に口づけをした。「だれにもなにも起きないよ、アンドレア。結婚式まで僕はこの部屋で君といっしょに寝ることにする」

「でも、ランス——」

「使用人が噂《うわさ》することは心配しないでくれ」ランスは彼女の言葉をさえぎった。「それがねらいなんだ。噂はコリンヌの耳にも入るだろう。君と僕がいっしょにいると知れば、自然の抑止力になるはずだ」

「私はジェフのことを考えていたの」

ランスはかすかにほほえんだ。「僕はたった四日で君にプロポーズしたんだ。もし僕たちがこれからも別々の部屋で寝たら、父は不思議に思うだろう」彼はアンドレアから手を離し、枕元《まくらもと》の受話器をとった。「使用人にこのことを知らせておく。そのあとで君の叔母さんに電話をかけて、結婚式のことを知らせよう」彼はアンドレアの全身に目を走らせた。「疲れているみたいだね。先に寝る準備をしたらどうだい？　この部屋は五、六人で肖像画を眺めても快適なように造ってあるんだ。僕がここにいることすら気づかないはずだよ」

アンドレアは落ち着かないままバスルームに入っていき、高ぶる感情がしずまるまでシンクにつかまっていた。

ランスにもらった指輪のダイヤモンドがきらめいて、彼女の目を引いた。

これはあの湖の形をしている、と彼は言った。

神秘的な森の中でひそやかに水をたたえるあの湖で、今回のことのすべてが始まった。あそこで彼女は生き返ったランスロット・デュ・ラックに出会ったのだ。しかし、彼の存在は伝説よりも大きかった。

神話は結局、神話ではなかった。

ランスは私に魔法をかけたのだ。そうでなければ、彼とこういう形で結婚すると決めているはずがない。

アンドレアがネグリジェの上にローブをはおってバスルームから出ていくと、ランスはスウェットパンツとTシャツに着替えていた。彼がなにを着ていても、軍隊で鍛えたみごとな体を意識させられる。

ランスは眠そうな目で、着替えたアンドレアを裸足《はだし》の足から始めて、すべて見ていった。

「そろそろ電話をかけるかい？」

アンドレアはベッドの端に腰を下ろして、叔母の家の番号を押した。叔母と話をしている間、ランスはベッドの離れたところにあおむけになり、頭の下で手を組んでいた。そこにいられると気が散って、アンドレアは会話に集中するのに苦労した。

「そんなに急に好きになったのなら、フランスにもう少しいて、その人のことをよく知ってから、再婚に踏みきるほうがいいんじゃない？」

いい指摘だった。立場が逆なら、自分も叔母にそう言っていただろう。

「ランスは長い間、軍隊にいたのよ、キャシー叔母さん。彼は結婚して落ち着きたいの」

「彼にとってはそれでいいだろうけど、あなたはどうなの？　たとえ自由の身であっても、まだ悲しみから立ち直っていないのだから、まずは大きく一息ついたほうがいいと思うけど」

叔母はアンドレアの苦労を理解していなかった。彼女は結婚している間にも悲しい思いをしてきた。それに今は、ランスのことを思うだけで息がつけなくなり、なにも考えられないのだ。今夜から同じベッドに眠るかと思うと、何年も感じたことのない欲望を覚えて、恥ずかしさに体がふるえた。

「たぶん、そうすべきなのね」

「でも、もう決心しているみたいね。私もロブもあなたに幸せになってほしいだけなのよ。それで、その招待には、うちの娘たちとその夫も入っているの？」

「ええ。みんなに来てほしいの」

「いつもながら、うちには余分なお金がなくてね。あなたの婚約者は本当にみんな払ってくれると言っているの？」

「ええ。ここにいる間は彼のお父さんの家に泊まってほしいって」

「なんて気前のいい人なの。リチャードとは大違いね」

アンドレアはうなだれた。「ええ」

「ごめんなさい。よけいなことを言って」

「いいのよ。だって本当のことですもの」ある意味、それを聞いて、アンドレアはほっとした。彼女の結婚になんらかの問題があったことに叔母は気づいていたのだ。

アンドレアは叔母に、最近ランス・マルボアというフランス人男性と出会ったこと、そして彼がフランスの精鋭《エリート》部隊を辞めたばかりだということ以外、なにも言っていなかった。

叔母一家がブルターニュに来たとき、自分たちの目で見て、すべてを理解するだろう。

その時点で妊娠していると打ち明けよう。今、電話で話すのはいい考えとは思えなかった。

「飛行機の手配はこちらで全部するわ。来週中に速達で航空券と招待状が届くはずよ」

「アンドレア？」

「はい？」

「私はめったに口に出して言わなかったけれど、あなたを愛しているのよ。あなたのためにいちばんいいことだけを望んでいるのよ」

アンドレアの目頭が熱くなった。「わかってるわ。私も愛している。こうして離れてみて、叔母さんに育ててもらえて、とても幸せだったとわかったの。最初はたいへんだったでしょうね」

「もしたいへんだったとすれば、それは、あなたのお母さんのような母親にはぜったいになれないという不安が私にあったからよ。姉は穏やかで落ち着いた女性だったわ。あなたはその性格を受け継いだのね。でも、あなたがやさしい子だったから、愛するのになんの問題もなかったわ」

どうしてこんな話になったのだろう。アンドレアの頬を涙がつたった。「ありがとう。そう言ってくれて。来週、郵便が届いたか確認するためにまた電話するわ」

「なんだかわくわくしてきたわ。ヨーロッパに行くなんて生まれて初めてなのよ」

「ここはまったく違う世界よ、キャシー叔母さん。じゃあ、またね」

アンドレアは腕で涙をぬぐいながら受話器を置いた。デュ・ラック家の紋章つきの招待状を読むときの叔母たちの驚いた顔が想像できそうだった。

デュ・ラック公ジョフォア・マルボアにとって、息子のランスロット・マルボア・デュ・ラックとアンドレア・グレシャム・ファーロンの婚姻の儀に、皆様のご参列をお願いすることは喜びにたえません。結婚式は六月三十日午前十一時、聖ヴィエルジュ教会で執り行われ、引き続き披露宴がフランス、ブルターニュのデュ・ラック家のシャトーで行われる予定です。

「そんなに感傷的になるなんて、叔母さんになにを言われたんだい？」

アンドレアはランスのほうを見た。「すばらしいことをたくさんよ。あなたに言われて電話をかけなければ、こんな話は聞けなかったかもしれないわ」

ランスは寝返りを打って、アンドレアのほうを向いた。百八十七センチの細身でたくましい男性だ。「つまり、暗い問題もあるけど、僕は君にとっていい相手だということかな？」

正直になるときが来ていた。「たぶん、そういうことね」

「じゃあ、僕の言うことを聞いて、ベッドにお入り。僕たちのベイビーにも睡眠が必要だ」

僕たちのベイビー。まあ、ランス。

アンドレアはベッドの中に入った。二人の間は約一メートル離れている。彼女は手を伸ばして枕元の明かりを消した。

「眠くなるまで話をしてもいいかな?」

「いいわよ。夢物語でなければ」アンドレアはランスに背を向けてまるくなった。

「ここの大学は、レンヌの家から車で五分のところにあるんだ。もし興味があれば、子供が生まれるまで午前中のクラスをいくつか受けるといい。新学期は八月に始まって、十二月の出産までには終わる。僕が仕事に行くときに送っていけばいいし、昼休みには迎えに行ける」

ランスはなにからなにまで考えてくれている。彼の言うようにすれば、アメリカに帰って生活するまで、なにか意味のあることをしていられるだろう。

「あなたはどこで働くことになるの?」

「前に話した水力発電所だ。あそこでは僕のような技術を持ったエンジニアが必要なんだ」

「いつから働きはじめるの?」

「結婚式が終わったらすぐだよ」

ハネムーンの話が出なくて、アンドレアはほっとした。

「大学のことはとても関心があるわ」

「どんなクラスを受けたいか、考えているかい？」

「フランス語と、初期のフランス文学かしら」

「リチャードの志を継いでいくつもりみたいだね」淡々とした言い方だった。

「でも、教師になりたいんじゃないの。あなたの国の言葉と文化を少しでも知っておくほうがいいと思って。私の子の父親と祖父になろうとしている二人の男性はフランス人なんですもの」

「それはそうだ」

「いつか私もなにか専門職を決めて、それに向けて勉強するわ。でも、今は母親になることと以外、考えられないの」

「正直なところ、父が披露宴のことはまかせろと言ってくれてよかった。エレーヌが手伝ってくれれば、百人力だからね。その間に僕たちは家の準備をしたり、子供部屋のことを考えたりできる」

「その家にはだれも住んでいないの？」

「管理人のジャンと妻のルイーズがいるだけだ。二人は一階に住んでいる。必要なことがあれば、この二人がなんでもやってくれる」

「どんな感じの家？」

「漆喰《しっくい》壁の昔風の家だよ。二階建てで、寝室が四つ、バスルームが一つに、シャワーだけのバスルームが二つある。テラスと庭もあって、家の中も外も、子育てにぴったりなんだ。母の両親がまだ生きていたころは、泊まりに行くのが楽しみだった。あそこでは走りまわったり、散らかしたりできたからね」

「あなたも普通の男の子だったってことかしら」

「残念ながらね。僕が大広間のダイニングテーブルで模型のロケットを作ると、父はあまり喜ばなかった。接着剤がテーブルにくっついて、表面がだいなしになってしまうんだ。そうした被害を見つけた日には、修復に何週間もかかったものさ」

「あなた一人で兄弟数人分のやんちゃぶりを発揮していたみたいね」

ランスはくすりと笑った。「弟か妹がいればよかったんだが。母は三回、流産したんだ」

「でも、あなたが生まれて、彼女は幸運だったのよ。それは私が生きた証人だわ」

「たしかにね。君のいとこのことを話してくれるかい？」

「ジュリーは二十九歳、シャロンは二十六歳よ」

「女三銃士か」

「そういうふうならよかったんだけど。もし私が生まれてすぐにもらわれていれば、違っていたかもしれないわ」

「なにをされたんだい？　君だけなにか持っていると、君の鼻をへし折るために仲間はずれにされたとか？」

「どうしてわかったの？」

「コリンヌが初めて会った夜、お涙ちょうだいの芝居を打ったのは、デュ・ラック家の人間として生まれたことで僕に気兼ねをさせたかったのさ」

ランスの問題はあまりに深刻だったから、アンドレアは自分のことで文句は言えなかった。「もういとこは二人とも結婚しているから、関係はずっとよくなったわ」

「それと同じことがコリンヌについても言えるといいんだが」

アンドレアはぞくっとした。「彼女があきらめて、お母さんのところに帰っていてくれるといいのに」

「夢物語はいらないって言ったのは君だよ」

「ごめんなさい。今、彼女はなにをしていると思う？」

「そういうことは考えないようにしよう。さあ、眠りなさい。僕といれば安全だから」

安全。

もしこの広い世界に自分を守ってくれる人がだれかいるとしたら、それはランスだとアンドレアは承知していた。そう思うことで、緊張がやわらぎ、やがて彼女は眠りに落ちた。

目が覚めると、信じられないことに、もう十時過ぎだった。ランスはもういなかったが、彼が一晩中そばにいると知っていたから、いつもより長く眠ったのだろう。

つわりがないのに気づいて、アンドレアは薬をのむことを思い出した。この調子でずっと気分がよければいいのだけれど。

バスルームに行きかけたとき、ドアにノックの音が響いた。「アンドレア？」ランスの低い声が彼女の体にしみわたる。「もう起きているかい？」

「ええ」

「食事を持ってきたんだ」

そんなことをしなくていいのに。「私は給仕をしてもらわなくていいのよ」

「僕がそうしたいと言ったら？」

「だったら、とてもありがたいけど、先にシャワーを浴びたいの」

「どうぞ。トレイを中に運んで、待っている」

「わかったわ。急いですますわね」

アンドレアは急にわくわくしてきた。今日はランスの母の実家を見せてもらうのだ。そこは生まれてくる子の家に、私とランスの家になるだろう。

あと三週間すれば、コリンヌとはシャトーでたまたま顔を合わす以外、会わなくてすむようになる。それまでは、私もランスも生まれてくる子供のための準備で忙しいだろう。

アンドレアはスカートとブラウスをつかんで、急いでバスルームに入っていき、シャワーを浴びて着替えた。今日、レンヌに行ったら、ランスに頼んで、ゆったりした服を買える店に連れていってもらおう。

髪にブラシをあて、化粧水をつけると、もう身支度は整った。

ランスはトレイをベッドの上に置いていた。冷たいミルクをかけたシリアルとグレープフルーツだ。

「ゆうべはあなたがずっといてくれたから、よく眠れたわ」

「君のそばにいると、僕にも同じ効果がある。君のおなかの中でぬくぬくとしていられて、赤ん坊は気持ちがいいだろうね」

グレープフルーツの房がアンドレアの喉につかえそうになった。「問題は、残念ながら、もうすぐ私はそういうことが言えなくなるの。でも、文句があるわけじゃないけど」

「そのときは僕が背中をさすってあげるよ」

だめよ。そんなことをされたら、我慢しているせつない思いが刺激されるだけだわ。

「君は自然分娩《ぶんべん》を望むタイプかい？」

アンドレアはかぶりを振った。「いいえ。私は弱虫なの。無痛分娩がいいわ」

「ということは、僕はラマーズ法のクラスを受けられないのかな」

「あなたはそんなことがしたいの？」

ランスはコーヒーカップの縁ごしにアンドレアを見つめた。「その子に気持ちの上で近づけることはなんでもしたいんだ」

ランスが演技で言っているのではないのがアンドレアにはよくわかった。自分の血を分けた子をつくる能力をなくしたからには、できるだけのことをして、彼女の妊娠と出産に参加したいのだ。

アンドレアはシリアルを食べおわり、ドレッサーのところに行って、口紅を手にとった。

「階下《した》にいるとき、コリンヌに会った?」

「いや。父と朝食をとってから乗馬に出かけたそうだ」

「彼女はよく馬に乗るの?」

「僕が聞いた話ではね」

「今朝はジェフはどうだった?」

「幸せいっぱいさ。エレーヌと電話で話をしていた。僕たちといっしょに母の家に行きたいだろうが、あと二日はおとなしくしているように医者に言われているからね」

「すっかりよくなれば、いつでも行けるわ」

「僕もそう言っておいた。さあ、出かけようか」

ランスはアンドレアのためにドアを開け、トレイを持ってあとからついてきた。玄関広間の手前まで来たとき、ランスの携帯電話が鳴った。彼は発信者を確認して電話に出た。

アンドレアにはフランス語はわからなかったが、ランスの激した顔を見れば、通訳は必

「なにがあったの？」ランスが電話を切るとすぐ、アンドレアは尋ねた。

ランスの口のまわりは蒼白《そうはく》だった。「馬の飼育係からだった。コリンヌが黙ってトネールを連れ出したんだ。彼が別の馬で追いかけたが、彼女は泉を飛び越えようとして失敗し、落ち方が悪くて、脳震盪《のうしんとう》を起こしているらしい。だが、トネールは前脚を両方とも骨折した。ひどく苦しんでいる」

ということは、ランスの美しい馬は殺すしかないのだ。

「行って、ランス」アンドレアは大きな声で言った。「救急車は私が呼ぶから」

ランスがトレイと携帯電話を渡した。「一一二に電話して、森の〝青春の泉〟に来るように言うんだ。それだけ言えばわかる」

ランスが廊下の先へ消えると、アンドレアの胸は同情でいっぱいになった。かわいそうなトネール。気分の悪い私をランスといっしょに乗せていってくれたのに。ランスにとって愛馬の苦しみを終わらせてやるのは死ぬほどつらいだろう。でも、そうするしかないのだ。

アンドレアはトレイを近くのキャビネットの上に置き、すぐに救急車を呼んだ。救急隊員は彼女からくわしく説明を受けたあとで、現地に向かうと告げた。

「アンドレア？」

見あげると、ジェフが階段の踊り場に立っていた。

「コリンヌが馬から落ちたとアンリに聞いたが、大丈夫だろうか」

「飼育係は大丈夫だろうと言っています。ランスがようすを見に向かいました」アンドレアは急いで階段を上がり、ジェフを彼の部屋に連れ戻した。二人は彼の居間で、向かい合って椅子に腰を下ろした。

「ランスがすぐに行ってくれてよかった」

「ええ。まだ出かけていなくてよかったです」

「コリンヌの乗馬の腕はたいしたものなんだ。いったいなにがあったのだろう」

「すぐにわかるでしょう。連絡があるまで、ブリジットにお茶を持ってきてもらいましょうか」

アンドレアは事実をそのまま告げる気にはなれなかった。ランスに説明してもらおう。思慮深いアンリのおかげで、ジェフはあまり動揺しているようには見えなかった。

「いや、いい。しばらく二人だけでいられるなら、あなたと話したいことがある」

「なんでしょう?」

ジェフと知り合って初めて、彼がためらっているのがわかった。

「あなたを妻にすることにしてランスは幸せだし、私も幸せだ。しかし、コリンヌは打撃を受けたんだ。あの子はランスに初めて会ったとき、恋をしてしまった。それからはだれとも付き合っていない」

「たぶんそうだろうとランスに聞きました」

「よかった。夫婦の間に秘密があってはならないからね。コリンヌはいつも自分がじゃま者扱いされていると思ってきたんだ。私はできるだけのことをして安心させてやろうとしたが、なにをしても、出来の悪い母親と、そばにいない父親のうめ合わせはできなかった」

「ええ」

ジェフは両手を上げた。「これはだれのせいでもない。望みもしないのにこんなことになって、ランスはずっとたいへんな思いをしてきたことだろう」

ジェフが懇願するようにアンドレアを見た。彼女は、結婚式をしばらく延期してほしいと言われるのだと思った。

「あなたに、今すぐランスと内輪で結婚してほしいと頼むのはあんまりのことだろうか?」

アンドレアは驚きのあまり、椅子から落ちてしまいそうだった。「つまり、結婚式や披露宴をしないで、ということでしょうか?」

ジェフはつらそうにうなずいた。「コリンヌのためを思えば、それがいちばん親切なことだろう。あの子はみんなに、ランスが戦地から帰ったら結婚してくれると言いふらしてきた。ゆうべの結婚式の話や子供が生まれる話は、コリンヌには耐えられなかったと思う。二人に内々で結婚してもらえれば、彼女にさらなる恥をかかせずにすむ。〝ランスのことは私がよく知っている。息子はあなたが夢見ているような結婚式を望んでいるが、それ以上に彼が望んでいるのはあなただ。大きな犠牲をお願いしているのはわかっている。しかし――」

「それ以上おっしゃらなくてもけっこうです。リチャードと結婚したとき、盛大な結婚式を挙げてもらいました。もう一度する必要はありません」

「本当にいいのかい？」ジェフの声がふるえた。

「ええ。これ以上コリンヌを傷つけてはなりません。あとでランスに会ったら、それがいちばんいいと説得します」

「それができるのはあなたしかいない」

しかし、説得の必要さえないだろう。もしランスが私を愛しているなら、話は違うだろうが、彼が手に入れたいのは子供なのだ。結婚式を挙げてすべてを合法的にするために、あと三週間待たなくてすむのだから、かえって喜ぶだろう。

そうすれば、ランスの母の家に数日中に移り住むことができる。今回の事故のあと、アンドレアはコリンヌのそばにはできるだけいたくなかった。

「ジェフ、キッチンに行ってお茶を持ってきましょうか？　私も少し飲みたいの」

「その間に、エレーヌに電話をかけて、私たちがすぐ結婚することになったと言ってください。私が医者に無理をしないように言われたとか、彼女が納得してくれる理由をなにか考えて」

「ああ、そうしよう」

「ありがとう、いとしい人《マ・シェリ》」

アンドレアは急いで階段を下りてキッチンに行き、お茶の用意をしはじめた。彼女が紅茶に蜂蜜《はちみつ》を入れようと思ったとき、裏口に通じる廊下で足音がして、ふいにランスが入ってきた。

「よかった、君がここにいて。トネールは死なせてやるしかなかった」

「わかっていたわ」アンドレアは小さくつぶやいた。

そして彼女はいつの間にかランスの腕の中に引き寄せられていた。ランスがぴったりと抱き寄せる。彼はアンドレアを抱き締めたまま、しばらく体をゆっくりとゆらしていた。

ランスの堂々とした体がふるえるのを彼女は自分の体で感じていた。

「きっとトネールは馬たちの天国に行って、そこで幸せになっているわ」

深いため息が聞こえた。「どうしてわかったんだい？　僕がそういうふうに言ってもらう必要があるのを」ランスはアンドレアの頭を両手で包みこみ、彼女の顔中にキスをしてから、髪に顔をうずめた。「父はどの程度知っている?」

「アンリがジェフに言ったのは、コリンヌが落馬事故を起こしたけれど、大丈夫だろうということだけ」アンドレアはランスと目を合わせられるところまで体を離した。「本当に大丈夫なの？」

苦悩のためにランスの目は陰った。「大丈夫だと思うが、頭をかなり強く打っている。救急車で村に運ばれて、念のため、レンヌの病院にヘリコプターで移送されることになっている。オデットと連絡をとるようにアンリに言っておいた。それまでは、コリンヌを一人にしないために、うちのメイドが病院で付き添うと言ってくれた」

「なんて親切なこと」

ランスがアンドレアの頬にキスをした。「そうだね」

彼の思いは遠くにあるように聞こえた。アンドレアは彼の腕をはずした。「ジェフにお茶を用意してあるの。あとは蜂蜜を入れるだけ」

「僕も少しもらおう。蜂蜜を持ってくるよ」

ランスが戸棚のところにいるとき、アンドレアは言った。「ランス、あなたに言わなければならないことがあるの」

ランスは蜂蜜の容器を渡した。「なんだい？」

アンドレアは、よけいな説明なしに、ジェフと交わした会話をそのまま伝えた。話しおえたあとの沈黙の中で、ランスはトレイにマカロンを追加した。彼がなにを考えているのか、アンドレアにはわからなかった。

二人でジェフの部屋に行くと、ジェフは電話中だった。二人の姿に気づき、彼はランスにそばに来るように手招きした。「オデットと話しているところだ。コリンヌの事故の知らせを受けたんだよ。どれくらいひどいんだい？」

ランスはトレイをテーブルに置いた。「脳震盪を起こしたことは、もうアンリが伝えている。レンヌの聖十字病院に運ばれて、うちのメイドが付き添っている。病院に電話して、救急処置室の医師と話をするようにオデットに言ってほしい」

ジェフはランスの言葉をそのままオデットに伝えてから、送話口を手でおおった。「おまえと話がしたいそうだ」

ランスはむっとして口元をこわばらせたが、受話器を受け取った。「オデット、あなたが知っている以上のことは僕も知らない。あなたが話をする必要があるのはあなたの娘だ。僕は今、父のことが気がかりだ。まだ肺炎が治りきっていないからね。あなたとは理解し合えるといいんだが。なにかわかったら、すぐ連絡をとるようにアンリに頼んでおく。じゃあ、また」

アンドレアはソファに座っているジェフの隣に腰を下ろし、カップを渡した。ジェフの目にはまぶたがおおいかぶさり、六十七歳の年齢よりも老けて見える。

ジェフは受け取った紅茶を少し飲んだ。「ありがとう、マ・シェリ《メルシー》」

「父さん、コリンヌはトネールに乗って泉を飛び越えようとして……結局、トネールの命を奪うことになってしまった」

ジェフの頬を一筋の涙がつたった。「そういうことだったのなら、よくオデットと話をする気になってくれたね」

ランスは父の前にしゃがんだ。「アンドレアが言ってくれたように、トネールは天国に行ったんだよ。それから、僕が帰ってくる前に二人で話したことも聞いた。そうできるとわかっていれば、アンドレアに頼んで駆け落ちをしてでも、ゆうべのうちに結婚しただろう」

ランスが父を喜ばすために言っているとわかっていても、アンドレアの胸はときめいた。

「神父に電話して、ここで、この部屋で結婚させてくれるように頼むよ。アンリとブリジットに立ち会ってもらおう。子供が生まれて、アンドレアが元気になったら、盛大な披露宴を開いて、みんなを招待すればいい」

ジェフは涙を流した。「おまえは本当にいい息子だ」

「こんなことはなんでもない。コリンヌにはいろいろと医学的な配慮が必要だ。勝手ながら厩舎《きゅうしゃ》から、以前彼女を診てくれた精神科医に電話をかけておいた。彼がオデットと会って、コリンヌも交えて話をすることになっている。二、三日はそっとしておこう。その間に父さんももっと元気になるだろうから、そしたら見舞いに行こう。家族そろって《アン・ファミーユ》」

「アン・ファミーユ……」ジェフは繰り返しながら、アンドレアとランスを見てほほえんだ。「美しい響きの言葉だ」

ランスがアンドレアに親密な視線を向けた。「僕もそう思う」

高ぶる感情を取り繕う必要から、アンドレアはランスに紅茶を渡した。彼は一気に飲みほした。

「父さん、もう一つ言っておくけど、コリンヌがここに電話してきたら、アンリにすべてまかせたほうがいい。少なくとも状況が改善するまではね」

ジェフはうなずいた。「そのほうがいいだろう。さてと、もしかまわなければ、ルーサン神父には私から話をしたいのだが」

「どうぞ。僕はこれから、アンドレアとリゾーに行く。だけど、すぐに帰ってくるよ」

8

「神とキリストと精霊の名において、二人が夫婦となったことをここに宣言します。アーメン」

ブリジットがはなをすする音がしたと思ったら、次の瞬間、アンドレアは新郎の口づけを受けていた。二日前、ランスはコリンヌの前でキスをした。今日のキスはジェフに見せるためであるかのようだった。

アンドレアはランスにうながされるままに唇を開いたが、この行為に彼の意図以上のものを期待していないと知らせておきたかった。

もうじゅうぶんだと思ったとき、アンドレアはランスと視線を合わさずに彼の腕をそっとはずし、神父のほうを振り返って礼を述べた。

「どういたしまして、マダム・デュ・ラック。どうぞ幸多き結婚となりますように。あなたがランスといつまでも幸せな人生を送られるように祈っていますよ」

「ありがとうございます、神父様」

ランスが神父と握手を交わした。「僕たちの子に洗礼を施していただくのも、そう先のことではないでしょう」

神父はうなずいた。「ジェフに聞きましたよ。そのときを楽しみにしています」

ジェフが立ちあがった。「ランスが私に娘を与えてくれる日をどんなに心待ちにしていたか、おわかりにならないでしょう」それから彼はアンドレアに歩み寄り、両の頬にキスをした。「そしたら、こんなにいい娘を与えてくれた。アンドレア、あなたはこの家にとって神からの賜り物だ」

アンドレアはジェフを抱き締めずにいられなかった。そして彼だけに聞こえるようにささやいた。「あなたが本当の父であっても、これ以上は愛せないほど愛しています」

「私もあなたについて同じことを、ランスが帰ってきたときに言ったんだよ」ジェフがささやき返した。

ジェフとの抱擁を解いてから、アンドレアは付き添い人をしてくれたアンリとブリジットに礼を言った。夫婦が満面に笑みを浮かべて新郎新婦を祝福し、部屋から出ていくと、神父もそのあとに従った。

やっと三人だけになると、ジェフが息子を見た。「これからどうする?」

「アンドレアをあの家に連れていくよ。今夜は泊まって、明日の朝、帰ってくる。なにか用があったら、いつでも電話してほしい」

アンドレアがジェフの腕に手を触れた。「お一人で大丈夫？」

「私のことは心配しなくていい。エレーヌたちが夕食に来ることになっている。さあ、行きなさい。自分たち以外のことはなにもかも忘れるんだ。二人の人生でこんな夜はまたとないのだから」

「ありがとう、ジェフ」アンドレアはもう一度、彼を抱き締めずにいられなかった。

ランスが腕を引っ張るのがわかった。彼は早く出かけたくてたまらないのだ。でも、あわてる必要はない。結婚はしてしまったし、子供はもうすぐ生まれる。万事うまくいくだろう。

たしかにアンドレアはほっとしていいはずだった。

ところが、彼女は奇妙な失望感に見舞われ、そういう気持ちになっている自分に腹が立った。

ランスは私を愛して結婚したのではない。だったら、形式的なことが終わって喜ぶ以外、なにも感じる必要はないはずなのよ。

ランスは車に乗るアンドレアに手を貸し、ドレスの裾《すそ》がドアにはさまれないようにしてくれた。ドレスはクリーム色とカフェオレ色のまじったシルクジャージーのノースリーブで、肩から足首まで流れるようなデザインだ。これなら子供が生まれるまで着られるだろう。

昨日、リゾーに行ったとき、アンドレアはそのドレスとカジュアルな服を何着か買った。買い物に思いのほか時間がかかり、ランスの母の実家は車で通り過ぎただけで、ちらりとしか見ていなかった。

ランスは結婚式のために着替えをしてからアンドレアの部屋に来てくれたのだが、思いがけないことにオレンジの花で作った花輪を手にしていた。

「僕のために髪につけてくれるかい?」

花びらから漂う香りに、アンドレアは花嫁らしい気分になった。

「特別に作ってもらったんだ。ほら、見てごらん。五月の絵の中でグィネヴィアはランスロットが作ってくれた花輪をつけている」

そう言いながらランスは花冠をアンドレアの頭にのせて、しばらく彼女を眺めていた。ランスの目がふっと欲望に陰ったような気がしたのは、アンドレアの思いすごしだったのだろうか。

「先に父さんの部屋に行って待ってるよ」

そのときから、アンドレアの胸のときめきはずっとおさまらなかった。二人の乗った車がシャトーから遠ざかっていく今も、まだどきどきしていた。

「君がなにを考えているか、一サンチーム賭《か》けようか、僕の奥さん《マ・ファム》」

私は本当にランスと結婚したんだわ。アンドレアはダイヤモンドの婚約指輪といっしょにはめている金の結婚指輪を見つめた。

「私、コリンヌがふいに現れて結婚のじゃまをするものと思っていたの」

「今日はコリンヌの話はなしにしよう」ランスは手を伸ばしてアンドレアの手をつかんだ。

「僕たちは家族になったんだ。君と僕と僕たちの子供……大事なのはそれだけさ」

「でも、そういうわけにはいかないわ、ランス。今朝、病院に電話したとき、コリンヌの容態はどうだと言われたの？」

「当直の医者は、明日にも退院していいと言っている。精神科医のほうでは精神科病棟に移して治療を始めたいんだが、オデットか、コリンヌの父親の同意なしには、なにもできないんだ。オデットはまだ娘が病気だと信じていないし、オデットの別れた夫はずいぶん昔にこの二人と縁を切っている。フランス国内にもいないのではないかと思うよ」

「ジェフはどうなの？」

「父は法律上はコリンヌの保護者じゃない」

アンドレアは顔だけランスに向けた。「でも、デュ・ラックを名乗っていたわ」

「たしかに父は彼女にそう思わせているが、決して養女にはしていない。うちの家族だという法的な根拠はないんだ。いずれにしろ、コリンヌが精神を患っていると父が考えるのが、オデットは気に入らないんだ。たぶん父からはどのような干渉も受けたくないんだろう。たとえ彼女自身にも問題があると精神科医に思われてもね」

「コリンヌがずっとジェフに気に入られようとしてきたのも無理はないわ。あなたが手に入らなければ……」

「僕を手に入れているのは一人だけだよ」ランスはアンドレアの手を一度握り締めてから放し、ハンドルを切って、美しい樫《かし》の並木道に入った。

もうレンヌの郊外に来ていたの？　アンドレアはランスと話をするのに夢中で、ほかのことはうわの空だった。

並木道の突きあたりに、昨日見た青い鎧戸《よろいど》のある薔薇《ばら》色の小邸宅が見えてきた。鎧戸に両わきを囲まれた縦長の窓には細かい窓枠がついていて、窓は重厚な玄関扉を中心にして左右対称に並んでいた。見とれるほどすてきとはこのことだ。

「父が言ったように、今夜は僕たちのことだけ考えよう。夕食は家で食べてもいいし、出かけてもいい。君の好きなようにしよう」

車が家の角をまわり、テラスが見えたとたん、アンドレアはどうしたいかわかった。

「私、テラスで食事がしたいわ」テラスからは薔薇の花が咲きほこる庭が眺められそうだ。庭には石のベンチと小さな噴水もあった。「なんてすてきな庭なの」

「そう言ってもらえると思っていた。きっとルイーズが菜園で作っているえんどう豆をつけ合わせた、おいしい子牛のガレットをつくってくれるよ」

アンドレアは家の中に入る前に庭を見てまわりたがった。「こんな遊歩道は初めて見たわ」

「この小石は、彩りを考えて、川原から集めてきたものなんだ。水はけがとてもいい。十七世紀から人気のあるモザイク模様に並べてある」

アンドレアの視線は、錬鉄製のテーブルや椅子に、鉢に植えられたラナンキュラスやポピーの花にと、あちこちに飛んだ。

シャトー・デュ・ラックは貴族のために建てられた小さな城だった。しかし、藤《ふじ》とブーゲンビリアの花におおわれたこの南フランス風の田舎家は、アンドレアが夢見ていた理想の家そのものだった。

三十分後、ランスは家の中を見せてまわっていた。二階の廊下をはさんで主寝室の向かい側にある小さめの部屋は、子供部屋にぴったりだ。

一階のリビングルームやダイニングルームは自然光があふれ、快適そのもので、アンドレアは形容すべき言葉が見つからなかった。なにもかも気に入りすぎて、こわいくらいだ。彼女の心はすでにここに住みついていた。

テラスの手前の小部屋で、ランスがアンドレアのウエストにうしろから腕をまわして抱き締めた。「ようこそ、君の新しい家へ、マダム・デュ・ラック。君と僕たちの子供が快適に幸せに暮らせるように、僕はできるだけのことをするつもりだよ」

アンドレアはふるえながらランスの腕の中で振り向き、彼を見あげた。「もうそうしてくれているわ。こんなになにもかもすてきなのに、感激しない人がいるかしら。私、きっと夢の中を歩いているんだわ」

ランスが両手をアンドレアの肩まですべらせていき、さらにしっかりと抱いた。「僕もそんな気がする」

アンドレアの耳の中で熱い血が脈打つ。

「とてもきれいだよ、アンドレア。キスをしていいかい？」

たぶん彼はそうしたいのだろう。二人の相性はぴったりなのだ。アンドレアはなによりもランスにキスをしてほしかった。キッチンで初めて会ったときに怒ってされたキスではなく、新しく夫となった彼が正常な欲求からしてくれるキスを知りたかった。

でも、自分の熱い欲望に負けることは、間違いの第一歩となってしまうだろう。まだ亡き夫の喪中でありながら、ランスのキスに反応して軽い女だと思われるのがこわかった。ランスに軽んじられるようなことだけはどうしてもできなかった。

「も、もう少し時間が欲しいの」アンドレアは口ごもって言った。

ランスは眉一つ動かさなかったが、緊張するのがわかった。

「リチャードと行ったハネムーンを思い出しているのかい？」地下の洞穴から響いてくるような声だった。

アンドレアは気がとがめて首から頬まで熱くなった。

そうじゃないの。私の心をとらえているのは、私を抱き締めているあなたなの。

「そうじゃないの。彼が死んでからいろいろなことがありすぎたからなの。あなたに出会って、私はこれまで生きてきた小さな世界から飛び出してしまったわ。あなたの妻であることにもまだ慣れないのに、おなかの中にはリチャードの子供がいるのよ。私、自分で自分の気持ちがよくわからないの。こういう気持ち、わかってもらえる？」

ランスはアンドレアの肩に置いていた手をゆっくりと下ろした。「わかるよ。君が思っている以上にね。さあ、テラスに行こう。ジャンとルイーズが紹介してもらおうと待ちかねている」

ああ、ランス。あなたの魅力に屈するのはなんて簡単なことかしら。でも、どうしてもそれはできないの。

リチャードを失ったことで私の人生は変わったけれど、なんとか前に進むことができた。でも、もしあなたを失うことになったら、子供がいてもいなくても、私は死ぬまで悲しい人生を送ることになるでしょう。

ランスはテラスに出る戸口に立っていた。家の中は静まり返っていた。アンドレアはもう眠っているはずだ。彼女には心の準備をする時間をじゅうぶん与えてきたつもりだった。

アンドレアが自分に無関心ではないのをランスは直感的に知っていた。

厩舎《きゅうしゃ》から戻ったとき、キッチンで抱き締めてくれたこと。そばに行きすぎると、喉が脈打つこと。そうした兆候はすべて、表面下で熱い炎が燃えている証拠だった。

結婚すると決めた以上、彼女はもう逃げはしないだろう。ただ辛抱強く待てばいいのだが、それはランスの苦手とするところだった。

あのランスロットでさえも、星まわりが彼にとって有利になるまで待たなければならなかったのだ。

ランスは夜空を見あげた。今夜は星が一つも見えない。風が出てきて、嵐《あらし》になりそうだ。今の彼の気分にぴったりだった。

それから五分ほどそこにとどまったのち、ランスはフレンチドアに鍵《かぎ》をかけた。そして、ほかのドアと窓も鍵がかかっているのを確かめてから、玄関広間の階段へ向かった。階段を一段上がったとき、携帯電話が鳴った。

彼は秘密捜査員からの連絡を待っていたのだ。「どうした?」

「申し訳ありません。マドモアゼル・ドゥ・ラ・グランジュが消えてしまったのです」

それを聞いても、ランスは驚かなかった。

「なにがあったんだ?」

「検査技師がもう一度レントゲンを撮りに連れていったのですが、そのあと病室に戻ってこなかったのです」

「ということは、協力者がいたことになる。たぶん母親だろう」

「どうすればいいでしょうか?」

「できることはやったんだ。君はシャトーに戻ってくれ。どういう展開になるか、ようすを見よう」

「わかりました」

ランスは携帯電話を切り、次にアンリに電話をかけて警告しておいた。「オデットとコリンヌが今夜そこに行くかもしれないから、父さんに知らせておいたほうがいい。一時間以内に捜査員がそこに着くはずだ」

「ブリジットがしっかり見張ってくれますよ」

「ありがとう、アンリ」

コリンヌのことだから、知っているところは徹底的に調べるために、この家にもランスをさがしにやってきかねない。病院からここまでわずか十分なのだ。

ランスは冷蔵庫から缶ビールを一本取り出し、外に出て、前庭のベンチに腰を下ろした。ここなら、だれの車が並木道を近づいてきても、すぐわかる。

ランスの前には長い夜が待ち受けていた。彼は親友のジルに電話をかけることにした。すでに妻帯者となっていて、子供もやがて生まれると教えたら、ジルは驚いて口がきけないだろう。

ところが、驚いたのはランスのほうだった。暗闇《くらやみ》の中から美しい幽霊のようにアンドレアが姿を現したのだ。新しいネグリジェとローブが風に吹かれて彼女の体に巻きついた。

「こんなところでなにをしているの？」

怒っているような言い方だったが、ランスをずっと待っていたかのようで、彼の耳には心地よく響いた。

ランスが説明すると、アンドレアはベンチに腰を下ろした。そうするとき、空になったビールの缶に体があたり、缶は敷石の上にころがった。彼女はかがんで缶を拾った。

「雨が降ってきたみたいだ。君はベッドに戻ったほうがいい」

「居間に行きましょう。窓からいっしょに見ていればいいわ」

「君には睡眠が必要だ」

「あなただって」

「君のご主人の子供を妊娠しているのは僕じゃない」ランスは無鉄砲な気分だったから、つい皮肉が出てしまうのを抑えられなかった。

「あなたはこの子の父親になるんでしょう」アンドレアが反撃に出た。「それとも、気が変わったの？」

ランスはすっくと立ちあがり、首のうしろをもんだ。彼はくるりと向き直った。「そんなことはないって知っているだろう。悪かった。自分の欲求不満を君にぶつけて」

「あなたがいらだつのも当然だわ。私たちは複雑で危険な状況に直面しているんですもの」

「君が決して望んでいなかった状況にね」

「私はだれにも頭に銃を突きつけられたわけじゃないのよ、ランス。私は自分の自由意志で、このことにあなたといっしょにかかわっているの。これで少しはわかってもらえた？」

二人はたがいの目を見つめた。「とてもよくわかったよ。さあ、おいで。雨に濡《ぬ》れてしまう」

ランスはアンドレアを家の中に連れていき、ドアを閉めた。居間に入ると、ランスは椅子の背にかけてあった小さなブランケットをとってアンドレアの肩に巻き、自分といっしょにソファに座らせた。座っていても、窓から道路は見えた。

アンドレアがランスにぴったり寄り添った。彼の新婚初夜はいい方向に進みつつある。

「もしコリンヌが来たら、どうするつもり？」

「つかまえて警察に通報するよ。彼女は自分自身にとっても周囲にとっても脅威となってしまっている。僕はもっと早く帰ってきて、なんとかすべきだったんだ」

アンドレアが少しだけ顔を上げてランスを見た。「個人的なことを尋ねてもいい？」

「君は僕の妻なんだ。なんでも尋ねていいんだよ」

アンドレアはランスのポロシャツの襟からのぞいている傷跡を指でなぞった。「これはコリンヌがしたことなの?」

ランスは大きく息をした。「たしかに彼女もやりかねない。だが、実際には、中東で任務についていたとき、深い仲になった女性がいたんだ。あの任務についている以上、僕が結婚して落ち着くわけにいかないのは彼女も知っていたはずだ。しかし、付き合っていくうちに、彼女が感情的に深入りしすぎていると僕は気づいたんだ」

「つまり、あなたと結婚して子供を持ちたかったのね」

「そうだ。僕は結婚するタイプじゃないと言ったが、それ以上付き合ったら、彼女を悲しませることになるだけだと思って、僕は去ろうとした。子供がつくれないと告白するには、僕の自尊心は強すぎた。すると、二人で過ごすのはこれが最後になるだろうから、もう少しいっしょにいてほしいと頼まれたんだ。心ならずも僕は折れて、ある時点で眠ってしまった。そして気がつくと、彼女が僕の上におおいかぶさるようにして、首に短刀で傷をつけていた。彼女は血のついた手を僕の目の前に広げて、〝私のことを一生忘れないように、こうしたのよ〟と言った」

アンドレアはランスの顎を両手で包んで、彼の目をのぞきこんだ。彼女の目には涙があふれていた。「そういうこわい考え方は私には理解できないわ。私はずっと、戦闘中に女性兵士に傷つけられたのだとばかり思っていたの」

「たしかに彼女は兵士だった。僕たちの個人的な戦闘は中立地帯と思われていた場所で起きたんだ」

アンドレアは悲しそうにため息をついた。「その女性やコリンヌのことがありながら、どうしてあなたが女性を信用することができたか、私にはわからないわ」

「もちろん二度と女は信用しないと心に誓ったさ。そして、帰国してシャトーで一晩も過ごさないうちに、知らない女が泊まりこんでいるのがわかった。父はかけがえのない家宝のある部屋に滞在させるほど彼女を信用している。使用人たちは彼女の名を聞くと、顔を輝かす。僕は、美しい顔の下で悪いことをたくらんでいる女に違いないと確信して、仮面をはいで、みんなに正体を見せてやろうと思った。ところが一度キスをしてしまうと、僕は自分で仕掛けた罠《わな》に落ちてしまったのさ」

「これまであなたが経験したことを考えると、そう思われても、しかたがないわね」アンドレアがまた頭をランスの肩に戻した。

ランスは顎でアンドレアのやわらかい髪を撫《な》でた。「父から、うちのシャトーにまつわる話を聞いたかい?」

「いいえ。ぜひ聞きたいわ」

「あのシャトーが建てられたとき、初代のデュ・ラック公は、今もイングランド北部のどこかにあるランスロットの城にちなんで〝喜びの砦《とりで》〟と名づけたんだ。伝説によれば、ランスロットが魔法を解くまで、その城は〝悲しみの砦〟と呼ばれていた。ランスロットが城の敷地内を調べてまわっていると、彼の名が刻まれた墓が見つかったんだ。彼はそこが自分の終《つい》の棲家《すみか》となるのだと悟った。城は、アーサー王と妻のグィネヴィアが招かれてきたあと、〝喜びの砦〟と呼ばれるようになった。だが、そのあとに続いた争いのせいで、また〝悲しみの砦〟に戻ってしまった。最終的に、ランスロットの亡骸《なきがら》はその城に運ばれて埋葬された。僕がこの話をしておきたかったのは、君にもわかるだろうが、コリンヌが父と僕の生活に入ってきたとき、幸せな家庭が〝悲しみの砦〟に変わってしまったんだ。少なくとも、僕にはそういうふうに思われた。きっと父もそう思っていたと思う。だが、もう〝悲しみの砦〟じゃない。そして、それは君のおかげなんだ」

「なんてすてきなことを言ってくれるの、ランス」アンドレアはランスの腕の中で体をまわしてキスをした。欲望のためではなく、敬虔《けいけん》なやさしさをこめたキスだった。「二階に、ベッドに行きましょう。コリンヌが来るにしても来ないにしても、これ以上彼女に影響されるべきじゃないわ」

それが愛の行為への招待でないことをランスは知っていた。だが、二人は友達になったのだ。それは一つの出発点だった。

ランスは花嫁を抱きあげて、寝室へ運んでいった。ベッドに寝かせるとき、ランスロットがグィネヴィアの上にかがみこんでいる絵が彼の目に浮かんだ。

いつかアンドレアは愛にふるえながら僕を受け入れてくれるだろう。いつか彼女の熱い抱擁を知る日が来るだろう。

その日がランスは待ち遠しくてならなかった。


アンドレアはふいに目を覚ました。嵐は過ぎ去っていた。悪い夢でも見て目が覚めたのだろうが、夢の内容は覚えていなかった。時計を見ると、朝の五時十五分だった。うつぶせに寝返りを打って横を向くと、薄暗い中でランスの寝姿がぼんやりと見えた。うつぶせになって、まるで彼女に差し伸べようとするかのように片手を伸ばしている。

なんて美しい男性なのだろう。

なんと多くの苦しみを一人で十年間も背負ってきたのだろう。

ランスは父親になりたい一心で私と結婚したのだ。彼が望む限り、私はこの結婚をいいものにしていこう。

アンドレアはベッドからそっと出て、足音をたてずにバスルームに入っていった。最近、トイレに行く回数が増えた。部屋に戻ったとき、彼女はすっかり目が覚めていた。

ランスがぐっすり眠っているので、彼女は一階の書斎で叔母に電話をかけることにした。アメリカとの時差を考えると、ちょうどいい時間だ。もっと前に電話をかけて、妊娠していることや、すでに結婚したことを知らせるべきだったが、いろいろとありすぎた。やっと今、彼女はなにもかも説明する気分になっていた。

叔母はアンドレアの妊娠を知り、うれしいショックを受けていた。そのショックから立ち直ると、二人はコリンヌについて話した。

「その女性は精神的に不安定なのよ、アンドレア」

「わかってるわ」

「気をつけてちょうだい」

「心配しないで。なにか起きるようなことはランスがさせないから」

「彼はなかなかの男性みたいね」

「そうなの」

「まだしばらく会えないのが残念ね」

アンドレアは下唇を噛《か》んだ。そのほうがいいのだ。「たぶん子供が生まれてからね」

「あなたに奇跡が起きたのよ。こんなにうれしいことはないわ。メールで写真を送ってちょうだい」

「ええ。またすぐ連絡するわ」

受話器を置くとき、明かりの中でダイヤモンドがきらめいた。二つの指輪をはずしてよく見ると、結婚指輪のほうには、なにか文字が刻んであった。

指輪をもっと近づけて、文字を読み、アンドレアは息をのんだ。

〝喜びの砦〟

9

ドクター・サンプリは目を見開いてランスを見た。「受付に聞きましたが、お二人はもう正式にムッシュー・デュ・ラックとマダム・デュ・ラックだとか。なかなかの早業でしたね。おめでとう」

「先月、最初の診察をしていただいたあとで、アンドレアの夫になるという考えも悪くないなと思ったんです。運よく、彼女を説得できました」

医師は診察台に横になっているアンドレアを見た。「結婚が体に合っているようですね。前に脱水症状でご主人に運ばれてきた女性にはとても見えませんよ」

「お薬が効いたんです。それと、うんと甘やかされたおかげです」

この一カ月、アンドレアを快適にするためなら、ランスはなんでもしてくれた。毎日、仕事から帰ってきてからも、やさしくいたわってくれた。

二人は外に食事に行くこともあれば、散歩に出かけることもあった。ランスの友人のジル夫妻を家でもてなしたこともあるし、肺炎が治ったジェフは、愛犬のパーシーを連れて頻繁に訪ねてきた。

アンドレアは毎日、軽い庭仕事に精を出した。ルイーズに、ランスの好きなフランス料理の作り方を教わっている。アンドレアにとって、今の生活はだいたいにおいて、のどかなものだった——少なくとも表面上は。

結婚初夜にもう少し待ってほしいと頼んでから、ランスはアンドレアの気持ちを完全に尊重してくれていた。ひょっとして彼を永遠に遠ざけてしまったのではないかと思うと、アンドレアは心配で、もしそうなら、耐えられなかった。

もしランスが二度とその気になってくれなかったら？　私が与えてあげないものを求めて、ほかの女性に走るときが来たら？　もし今夜私のほうで誘ったら、もっと悪い結果になるのだろうか？　アンドレアはランスに愛してほしかった。そのときを待ち望んでいた。しかし、彼のほうでもそうだと思われるふしはまったくなかった。

ランスに公平を期して言うなら、彼の頭はほかのことでいっぱいだとアンドレアは知っていた。コリンヌが病院から失踪《しっそう》した夜以来、彼女の消息はいっさいわかっていない。ランスがコリンヌの話をすることはなく、そのこと自体、アンドレアは気になった。彼女が眠っていると思い、ランスが一人で考えこんでいるときもあった。

「それでは、超音波診断を始めましょうか。うまくいけば、男の子か女の子かわかりますよ」

ランスはアンドレアのそばにスツールを持ってきていた。彼はアンドレアの目を見てほほえみ、彼女の手をとった。「ついに、だね」

アンドレアはうなずいた。

ランスがその手を持ちあげて、てのひらに口づけをした。アンドレアは全身に喜びを感じ、幸せな気分になった。

「どきどきしているかい？」

「ええ。私、このために今日まで生きてきたんだわ」

「僕だってそうさ」

医師が診断のためにガウンを開くと、アンドレアはランスの真剣な視線をおなかに感じた。

まだ愛を交わしたことも、それらしきことさえもしたことがないのに、こんなふうに体を見られるのはなにか変だった。この二週間で、アンドレアは一キロ半ほど体重が増えた。どんな美女も手に入れられる男性にとって、魅力的な体とはとても思えなかった。

医師は器具をおなかの上で動かしながら仕事に集中した。ピッチの速い胎児の鼓動が薄暗い診察室に反響して、ほかの音は聞こえない。アンドレアはなにも問題はないか、医師に尋ねたかった。

「さあ、判決をお願いします」ランスが待ちきれずに尋ねた。

夫の気の短さを、アンドレアはむしろかわいいと思うようになっていた。ランスは行動の男だ。彼にとって二点間の最短距離は、途中にどんな障害があっても、一本の直線なのだ。

「今のところ、すべて順調のようです。正常な大きさで、正常な位置にあります。心音もしっかりしていて完璧《かんぺき》です」

「ああ、よかった」アンドレアはつぶやいた。

ランスが彼女の手を握り締めた。高ぶる感情のために、強く握りすぎているのに気づいていなかったが、アンドレアは気にならなかった。これは生涯忘れられない瞬間なのだから。

医師が満足そうに軽く咳《せき》ばらいをした。「生まれたら、なんという名前をつけると言いましたかね」

アンドレアは決めている二つの名前を告げた。

「では、画面のここのところを見て、ジェフに挨拶《あいさつ》をしてください」

「男の子なの！」アンドレアは見ているものがなんなのか、よくわからなかったが、そんなことはどうでもよかった。目に涙が浮かんでくる。「ああ、ランス……私たちに男の子ができるのよ！」

ランスがアンドレアに熱い口づけをした。「息子だ。名前はジョフォア・リチャード・

ファーロン・マルボア・デュ・ラックとつけよう」

リチャードの名を入れてくれた配慮に感動して、アンドレアはランスの頬を両手で包んだ。「あなたを父親にできるなんて、この子は世界一幸せ者だわ」

ランスがアンドレアの指に口づけをしている間に、医師が彼女にシーツをかけた。「さあ、これがお子さんの写真です。これまでどおり元気にしていてください。来月、またお会いしましょう」

医師は写真をアンドレアのおなかの上に置き、明かりをつけて退室した。

アンドレアは目が照明に慣れるようにまばたきをした。ランスはすでに椅子から立ちあがっていて、これまで見せたことのない幸せな顔で、写真を見ながら部屋を歩きまわった。

「横顔が見えるよ。手も足もある。これはお祝いをしなくては。君が着替えたら、レンヌに帰って、息子の家具を見に行こう」

「私もそうしたいわ。でも、まずシャトーに寄って、ジェフに写真を見せましょうよ」

「そう言うだろうと思った。父も大喜びするだろう」

「そうだといいけど」アンドレアは悲しそうに言った。「ジェフは元気づけてあげる必要があるわ。幸せそうな顔をしているけど、コリンヌのことを心配しているのがわかるの。正直言って、私も心配なの」

ランスが診察台から下りるアンドレアに手を貸した。「コリンヌのことは考えないようにしよう。今日は大事な日だ。僕はこの子のことだけ考えていたい」

そういうのを〝言うはやさし、行うはかたし〟と言うのよ。「ええ」

「僕は先に行って、受付で待ってる」

アンドレアはうなずいた。「すぐに行くわ」

三十分後、二人はジェフの部屋のベランダで、彼といっしょに昼食をとっていた。

「ランスが生まれたときは超音波診断なんてなかったから、神様が授けてくれたものをこの目で見るまでじっと待つしかなかったんだよ」

「私たち、そうしなくてすんでよかったわ。これで、すぐ男の子用に部屋を準備してあげられるから。ベビー用のかわいいものがたくさんあるんですよ」

「実は、ランスの洗礼のときのケープと帽子を妻が大事にしまってくれていたんだ。生まれてくるジェフのためにあげよう」

「まあ、なんてすてきなの！」

ランスが驚いて父を見た。「そんなこと、知らなかったよ」

「箱に入れて、私のクローゼットにしまってある。また使うかもしれないと思って、ずっとそのままにしておいたんだ」

アンドレアが立ちあがってジェフにお礼のキスをしているとき、アンリが姿を見せた。

彼はランスのそばに行った。

「あなたにお目にかかりたいという方がいらしているんですが」

「だれだい？」

「裁判所からのようで、なにか書類をお渡ししたいとのことです」

ランスがなにか不愉快な思いをしているのがわかった。テーブルの下で膝に置いていた手を拳《こぶし》に握り締めたのだ。

アンドレアは気になって尋ねた。「なんなの？」

「単なる土地訴訟に関する用件だ。ちょっと失礼する。すぐ戻るよ」

嘘《うそ》だわ。だが、ジェフの前ではなにも言いたくなかった。

「息子が行っている間に、その箱をさがしてこよう」

二人ともいなくなってしまうと、アンドレアは時間をもてあました。彼女はランスの身ぶりの意味がある程度わかるくらいには、彼といっしょに生活してきた。訪問者がだれであろうと、悪い知らせを持ってきたのだ。二人だけになったら、本当のことを話してもらおう。

「どうする、アンドレア？　自然な木の色にするかい？　それともプロバンスグリーンがいいかい？」

男性店員が彼女の返事を待っている。

買い物はあと二つを残すだけだった。ベビー用家具をあれこれ見ている間、ランスの視線は〝狐《グビル》〟と呼ばれるセットにいつも戻っていた。

このセットは、ベビーベッド、金色の取っ手がついた整理だんす、小さなテーブルとロッキングチェアで一式となっていて、ロッキングチェアの側面は鮮やかな色で描かれたかわいい表情の狐《きつね》の形をしていた。ランスがどのセットを気に入っているかは尋ねるまでもなかった。

「狐の絵がついているのにしましょう」

「とてもいいものをお選びになりました、マダム」

シャトーを出てから、なにか深刻な問題に頭を悩ませているにもかかわらず、ランスはうれしそうにアンドレアを見た。「本当にいいのかい?」

「とてもかわいいわ」

ランスは店員に向かってうなずいた。「そのセットをすぐ届けてほしい」

カウンターに行って支払いをすませたランスは、このあと〈ギャルリー・ブファール〉に行って、ほかのベビー用品も買おうと言った。

その店名ならアンドレアは覚えていた。ひと月前に彼にもらったプレゼントのショッピングバッグにプリントしてあった。

ベビー用品売り場の魅力的な女性店員はランスを覚えているようだった。というより、ランスから目を離せないようだった。アンドレアと結婚していても、気にしているふうはなかった。

その店員の気を引くようなことをランスがしているわけではないのだが、アンドレアは嫉妬《しっと》に胸がずきりと痛んだ。そして自分がそんな気持ちになっていることが信じられなかった。

「今日は、なにをおさがしでしょうか」

アンドレアに言わせれば、そのうわついた女性はなんとかしてランスの気を引こうとしていた。それを見て、独占欲がわいてきた自分に、アンドレアはまた驚いた。というのは、独占欲は強いほうではなかったから――少なくとも、これまではそう思っていたからだ。

「ベビーベッド用のカバーとライナーとキルトの上掛けが欲しいんですけど、狐の絵がついているものがなにかないかしら?」

「『ロビン・フッド』のアニメをモチーフにした狐のコレクションがございます。森の動物たちが勢ぞろいしたメリーゴーランドもあるんですよ」

「見せてもらえます?」

「かしこまりました」店員は値踏みするように、ランスをちらりと見た。「少しお待ちください」

その女性店員はすらりとした体にぴったりフィットしたワンピースを着ていた。それに比べると、アンドレアは自分がバニラプリンになった気がした。彼女はあわてて目をそらした。

「どうしたんだい?」

「べつに」

「僕は君の夫なんだよ。君の機嫌はわかるんだ」

アンドレアはぱっと振り向いた。「どうしても知りたければ、なんて厚かましい女性もいるものかと、私、驚いているの」

ランスがにっこりすると、あまりに魅力的で、アンドレアは体がとろけてしまいそうだった。「彼女のことは無視するんだね」

「あのセクシーなヒップから私が目を離せないのに、どうしてあなたにそうできるのかわからないわ」

ランスは男らしく元気よく笑ってから、まじめな顔になった。「今日、僕は診察室ですばらしいものを見て、ほかのものは見えなくなったのさ。生まれてくるまで、こんなに待たなくてすめばいいいんだが」

ランスは子供が欲しいのだ。もちろん男の子を望んでいた。その望みがかないつつある今、ほかにはなにも、だれもいらないし、必要ないのだ。そう思うと、光り輝く暖かい秋が終わって最初に訪れる冬の吹雪のように、アンドレアの心に冷たい風が吹いた。

「こちらです」ピラニアが戻ってきていた。

そのコレクションはかわいらしかった。とくにキルトが。お城と、森と、狐やたくさんの動物が、クリーム色の地色に赤と緑と金色で描《か》いてあった。

「これにするわ」

店員はセクシーにほほえんでランスを見た。「ほかになにかお気に召したものは？」

「いいえ」アンドレアはランスに代わって答えた。「必要なものはすべてそろったわ」彼女はバッグを開けて、ユーロドルをカウンターに置いた。ありがたいことに、ランスは支払いのじゃまはしなかった。

店員が品物を全部ショッピングバッグに入れると、アンドレアが受け取った。

「ありがとう」

「ありがとうございました。どうぞまたお越しください」

来るわけないでしょう。アンドレアは一人つぶやいた。それが聞こえたのだろう。エレベーターのドアが閉まると、ランスは一階に着くまで笑っていた。

店を出ると、彼はアンドレアのウエストにしっかりと腕をまわして、通りの角にとめてあった車までエスコートした。

アンドレアは運転席についたランスを伏し目がちに見た。「すばらしい一日をありがとう」

彼女が膝で重ねている手にランスが触れて、そっと押した。「まだ今日は終わっていないよ」

そのしぐさはランスがよくするものだが、最近はそうやって触れられると、アンドレアの体は感電したように反応した。彼女は口がきけず、必死に気持ちをしずめた。

車は、レンヌの華やかなりしころの遺産とも言うべき木造家屋の前を次々と通り過ぎていった。モット・ド・マダム通りが終わるあたりで、二人は古風なレストランに入って夕食をとった。レストランは古いオレンジ園と接していた。こうしてランスと過ごす時間をアンドレアはとても大事にしていた。

「ここには見てまわるところがたくさんあるんだ。子供が生まれたら、ベビーカーに乗せて、好きなだけ散歩ができるよ」

二人はまた車に乗り、川を渡って郊外に出た。家のそばまで来て私道に入ると、ランスが言った。

「今日はもう休んだほうがいい。盛りだくさんの一日だったからね」彼はアンドレアのために車のドアを開けてくれ、ショッピングバッグを手にさげて、彼女のあとから家に入った。「二階に行こう」階段を一段上がるごとに、アンドレアの心臓の鼓動は速くなる。

彼女はいつものようにバスルームに行き、ネグリジェとローブに着替えた。バスルームから出てくると、ランスは服を着たままベッドで脚を伸ばし、枕《まくら》に寄りかかっていた。

彼と同じベッドで寝るのは毎晩の儀式かもしれないが、最近のアンドレアは、彼にそばにいられるのがつらくなっていた。

キスをしていいかと尋ねられて、断った夜以来、ランスはアンドレアを大事な妹のように扱った。彼に文句があるわけではないが、彼女の焦燥感は耐えられないほどになっていた。

ランスが体の位置を変えた。二人はさらに近くなった。「眠れるように、一人になりたいかい?」

なにか個人的なことを尋ねられるものと思っていたので、アンドレアはがっかりした。

「いいえ。本当のことを言うと、私、目が冴《さ》えていて、今日シャトーに訪ねてきた人の用がなんだったのか知りたいの。コリンヌと関係があるんでしょう?」

ランスはアンドレアのうなじのおくれ毛を指でもてあそんだ。彼女の体がほてってくる。

「今日は彼女のことは考えないことにしたんだよ。そうだろう?」

「あなたは私の質問に答えるのを避けているんだわ。なにがあったのか教えてくれなければ、私はもっと心配になるのよ」

「アンドレア――」

「お願いだから、あなたを信じているかと、またきかないで。信じているのは知っているでしょう。もう私たちは結婚したのだから、あなたは一人でなんでも背負いこまなくていいのよ。私を信用して話してちょうだい。私はそんなに弱い女じゃないわ」

ランスは顔を曇らせた。「そう思っていたら、こんな危険なことに君を巻きこむようなまねはしなかったよ。残念ながら、状況はさらに悪くなっている。用心のため、君をアメリカに戻そうと思っているんだ」

「なんの用心のため？」アンドレアは大きな声を出し、次の瞬間、肘をついて体を起こすと、ランスのほうを向いていた。

ランスの目に浮かんでいるのは間違いなく苦悩の色だった。「もしそれを話せば、君の信頼を失うことになるかもしれない」

アンドレアはかぶりを振った。「そんなことはぜったいにないわ」

「君は、僕がなにを言わなければならないか、まったくわかっていない。これは僕の言い分と相手の言い分のどちらを信用してもらえるかなんだ」

「コリンヌのことを言っているのなら、もう前に聞いたわ」

「そうじゃない」

「じゃあ、だれなの？」

ランスの目が遠くを見るようにぼんやりとなった。「僕にこの傷を負わせた女性のことを覚えているかい？」

「忘れるはずがないわ」アンドレアの胸はこれから聞かされることへの恐怖にふるえた。

「話してちょうだい」

「僕がもう会わないようにすると、彼女は僕を強姦罪《ごうかん》で訴えて、友達二人に目撃証言をさせたんだ。僕は軍事法廷で裁かれた。一カ月ほどきびしい尋問を受けたが、証拠不十分で任務に戻された。僕の部下だった士官が、その夜、彼女の証人の一人といっしょにいたことが証明されたんだ。それによって、もう一人の証言の信憑性《しんぴょう》もなくなった。さらに、僕の弁護にあたった裁判官が外科医を連れてきて、この首の傷は、女性が強姦犯人に抵抗してつけた傷にしては、きれいに切れすぎていると証言させた。僕は除隊するとき、勲章はもらわなかった。僕にはいつまでも容疑がかかっているんだ。この国では、無実だと証明されるまでは、有罪ということになる」

アンドレアの目に涙があふれた。

無意識のうちに彼女はランスを抱き締めていた。「なんてかわいそうなの」彼女は彼の髪に口をつけてささやいた。彼の苦しみをぬぐい去ってあげたくて、顔に、首にキスをせずにはいられなかった。「これまでいろいろなことがありすぎたのね」さらにランスの目に、頬にキスをした。「むごすぎるわ。どうしてあなただけが」

アンドレアの唇がランスの唇に触れた。

ランスを信じていることの証《あかし》に、アンドレアは何度も何度もキスをした。「私にはわかるの、ランス。あなたが無実だってことが。本当にわかるのよ」

初めのうち、アンドレアの思いはランスの心に届いているようには思えなかった。しかし、しだいにランスの中で変化が起きて、やがて彼のほうからキスをしだした。アンドレアは急に唇を奪われる側となった。

「その言葉が僕にとってどんなに大きな意味を持つか、わかるかい？」ランスの声はふるえた。アンドレアをしっかり抱き締めながら、彼は深いところに閉じこめていた熱い思いを解き放った。

気がつけばアンドレアは、突然ぞくぞくする欲望の渦にのまれていた。しばらくの間、彼女は正気をなくしていた。ランスがさらにキスを深めていき、やがて二人はたがいの唇を激しく求めていた。アンドレアは、この快感が終わることなく、いつまでも続いてほしいと思った。

なぜなら、もう引き返せないほどランスを愛していることに気づいたからだ。しかし、ランスの欲望が自分の愛と同じレベルにまで到達したと考えるほど、彼女はうぶではなかった。

ランスは単に男性としての欲望に駆られてキスをしたのだし、先に行動を起こしたのはアンドレアだった。彼は自分を信じてくれる人がいて、うれしかったのだ。さらに、彼女のおなかには、彼が父親になるつもりの子供がいる。

そうした気持ちや感情をすべて考え合わせてみても、必ずしも愛には結びつかない。ランスが愛という言葉を口にしたことはこれまで一度もない。

不運にも、ランスが過去にかかわり合った、考え方に問題のある二人の女性は、大きな間違いを犯し、彼に愛されているという自己欺瞞《ぎまん》におちいったのだ。そして真実に直面したとき、彼女たちはそれを受け入れることができず、今も彼を責め苦しめているのだ。

アンドレアは彼女たちとは違う。たいていの女性はそうではない。

アンドレアはランスとの約束を全うし、信頼できる女性だと証明してみせるつもりだし、彼のことで心変わりをすることもないだろう。

ランスが一息つかせてくれると、アンドレアはそっと体を離した。ランスの顔が不安そうになる。「どうしたんだい？　僕は知らずになにか痛い思いをさせたのかい？」

「そうじゃないの」アンドレアは気が変わって彼に身をゆだねたくなる前に立ちあがった。「ごめんなさい。トイレに行きたいの」ランスを傷つけないための完璧な言い訳だった。

アンドレアが部屋に戻ってくると、ランスは庭を見わたす窓のそばに立っていた。彼はいきなり振り向いた。不機嫌そうに口元をゆがめている。

「ついさっきまで君は僕とキスをしていたんだよ」彼の声はかすれていた。「そうしたら、なにかが起きた。僕たちのベッドにまだだれかいるのかい？」

「そうじゃないの。あなたにその傷を負わせたこわい女性のことが私の頭から離れない
あなたが知らないだけよ。リチャードはもうずいぶん前からそこにはいないわ。

なにかあるって私にはわかるのよ」

ランスはそこに、ベッドをはさんで立ち、敵対するかのようにアンドレアと向き合った。話すために、彼がたいへんな努力をしているのがわかる。

「軍事法廷であったことは極秘のはずだった」ランスは話しだした。「ところが、オデットのコネを使ってコリンヌは情報をつかみ、僕が告訴されている案件に、それを利用しているんだ」

「もう彼女は訴訟を起こしたの？」アンドレアは信じられなかった。

「ころんでもただでは起きないのがコリンヌだからね。第一回目の審問は来週ある」

アンドレアは憤りに圧倒された。「彼女に勝ち目はないわ」

「それが彼女のねらいじゃない」ランスは腕組みをした。「彼女がこういうことをするのは、否定的な報道によって、僕と父に社会的なダメージを与えるためだ」

「そういう考え方は私には理解できないわ。ジェフは軍事法廷のことを知っているの？」

「知らない。できれば一生知らずにいてほしいと願っている。だが、コリンヌのせいで、検察官が僕に対する告訴を取りあげれば、すぐにマスコミの知るところとなる。君も僕の妻として、マスコミに追いかけられるだろう。君はフランスにいてはいけないんだ、アンドレア。もし僕が雇った弁護士が奇跡を起こして、この事件が裁判に持ちこまれなければ、父はずっと知らずにすむだろう。だけど、そのためには、僕はパリですることがたくさんある。だから、君にはニューヘイヴンに帰ってほしいんだ」

「まさか本気なの！」

「まぎれもなく」

アンドレアはその場で身をよじった。

「君を一人にしないために、ルイーズをつけるつもりだ。彼女はこの一カ月で君のことをとても好きになっている。君が落ち着くまで手伝ったら、彼女は帰ってくればいい。もしおなかの子供になにかあったら、僕は耐えられないだろう」

今、ランスを一人にしていくなんて、アンドレアにはどうしてもできなかった。しかし、彼女を守ろうと必死になっている彼と言い争うつもりはなかった。

「いつ私に発《た》ってほしいの？」

「明日だ。レンヌを正午に発つニューヘイヴン行きの便がある。君を乗せてから、僕はパリに飛ぶ。大丈夫だと思えるときが来たら、僕が自分で君を迎えに行く。だが状況がさらに悪くなったら、子供が生まれるまで、向こうにいてほしい。そのときは、そうできるようになったとき、僕が君を訪ねていく」

ランスはどうするか、すべて考え抜いていた。

しかし、アンドレアも自分がどうすべきか、すでに決めていた。ただし、ランスに告げるつもりはなかった。

「そういうことなら、私はもう寝るわ。アメリカまでの旅に備えて、できるだけ休んでおきたいから」

ランスがつらい胸の内を示すかのように、両手を握り締めた。

「僕はルイーズとジャンに話をしておく。おやすみ、アンドレア」それは、彼がしばらくベッドに来ないことを意味していた。

「もう一度お礼を言わせて。今日という忘れられない日をありがとう。おやすみ、ランス」アンドレアは自分でも声がふるえているのがわかった。だから、きっとランスにもわかったはずだ。

10

アンドレアがファーストクラスでルイーズの隣の席に座ると、ランスは腰をかがめてキスをした。

「体に気をつけるんだよ。僕が買ってあげたその携帯電話を使えば、いつでも、どこからでも電話がかけられるからね。僕の携帯電話の番号は知っているね。ニューヘイヴンに着いたら、すぐ電話してほしい」

「ええ、必ずかけるわ。ジェフにはいつ言うの？　私が叔母たちをびっくりさせるために急に帰ることにしたって」

「今夜、パリから電話するつもりだ」

アンドレアはランスの目を見つめた。「すべてうまくいくように祈っているわ」

よかった。まだ時間はある。

「ありがとう」ランスはアンドレアの首筋に唇を押しあて、時間が許す限り、そのままじっとしていた。「さてと、もう行かなければ。僕の乗る便の搭乗が始まる」

アンドレアの便はまだ搭乗中だった。

「気をつけてね」

ランスは午前中ずっとアンドレアの旅支度を手伝ってくれた。彼女がニューヘイヴンに帰ってからすることも二人で話し合った。

「じゃあ、また《ア・ビアント》、いとしい人《モナムール》」ランスはアンドレアの肩を握り締めると、機内をあとにした。

もし今の彼の言葉が、ルイーズの手前言ったのでなく、私のために言ってくれたのだとしたら？　私が本当に〝彼のモナムール〟だったら？　そうしたら私がすべきことは……。ランスが出ていって五分たつと、アンドレアは家政婦のほうを向いた。「もう大丈夫だと思う？」

「そうだと思いたいです。もしランス様がまだそのあたりにいらして、あなたをごらんになったら、たいへん。どういうことになるか、考えるのもこわいです」

ルイーズと夫のジャンは、アンドレアの計画に協力してくれている。ランスの車にスーツケースを積みこむ寸前、この二人が必要なものだけは取り出しておいてくれた。

「危険を覚悟でやるしかないわ」

アンドレアは座席から立ちあがり、ファーストクラスの出口に向かった。ルイーズがそのあとを追う。乗務員には気分が悪くなったので別の便に変更すると説明し、二人は空港のコンコースから外に出て、ジャンが車で待機している場所へ急いだ。

四十分後、三人はシャトーに着いていた。アンドレアはルイーズとジャンにキスをしてから、ルイーズが詰めてくれていた旅行用バッグをつかんで、急いで家の中に入った。玄関広間でアンリに会うと、ジェフは芝生の庭でパーシーに運動をさせていると教えてくれた。完璧《かんぺき》だ。

アンドレアは、妊婦の体でありながら、急げるだけ急いで西玄関から外に出た。近づいてくるアンドレアにジェフが気づいた。「こっちだよ、アンドレア」パーシーが彼女の足元でじゃれて、飛びはねる。「思いがけないときに、うれしい客人だ」

アンドレアはジェフの両の頬にキスをした。「お話があるんです」

ジェフが彼女の顔をじっと見た。「娘から父に？」

「はい」

「それはなんともうれしい。どこかに座ろう」

アンドレアもそう言おうと思っていた。彼女はジェフといっしょに花壇のそばのベンチまで歩いていった。二人ともベンチに座ると、アンドレアは身を乗り出した。「私、遠まわしな言い方はしないつもりです。とても大事なことで、あなたと話し合いたいのです」

「そうだろうと思った。そうでなければ、今日のような気持ちのいい土曜日は、ランスといっしょに家にいるはずだから」

アンドレアはうなずいた。「これからお話しすることは、ランスが私に打ち明けてくれたことなんですが、彼はこれまでだれにも話したことがなかったんです。あなたにも秘密にしていたのは、あなたをとても愛しているからです。わかってあげてください。でも、今、彼はとても苦しんでいます。助けてあげられるのはあなたと私だけなんです」

「すっかり話してくれ」

それから二十分間、アンドレアはランスの苦悩の原因を打ち明けた。なに一つ残さずに話した。話しおえるころには、ジェフは彼女にしがみついて泣いていた。アンドレアの心はよじれそうだった。

アンドレアはやっと背筋を伸ばし、涙をふいた。「私はあなたのご子息に出会った瞬間、心を引かれました。そして、この一カ月の間に、心から愛するようになりました。彼はなんの罪も犯していません。あなたも私もそれを知っています。でも、この裁判はデュ・ラック家の名誉を傷つけることになるでしょう。それが彼には耐えられないのです。そんなことは、私にはどうでもいいのに」

「私もどうでもいい――」ジェフがいきなりそう言って立ちあがった。激した彼をアンドレアが見たのは初めてだった。

彼女はジェフを見あげた。「それなら、彼の苦しみを終わらせてあげる方法があるんです」

「ぜひ聞かせてくれ」アンドレアが説明しおえると、ジェフが言った。「実に簡単なことだ」

「ええ。でも、あなたにこんなことを話したからには、彼はまた裏切られたように思うでしょう」

「大丈夫だよ、アンドレア。ランスのことは私にまかせなさい」ジェフはポケットから携帯電話を取り出した。「アンリかい？　ランスに電話して、すぐシャトーに来るように言ってくれ。それだけ言えばいい」

なんということか、ランスの乗るはずのパリ便はエンジントラブルのために出発が遅れた。

少なくともアンドレアはニューヘイヴンに向かっている。もっとも、飛行機が無事に向こうに着いてくれればだが。しかし、今のところ、そんな悪夢のようなことはランスは考えたくなかった。

彼はいらだち、別の航空会社に電話をかけようと携帯電話を取り出した。ひょっとしたら、このあとすぐ出発する便に乗れるかもしれない。ちょうどそのとき、シャトーから電話がかかってきた。

ランスは電話に出た。「やあ、アンリ」

アンリは前置きなしに言った。「お父様がすぐシャトーにいらっしゃるようにとおっしゃっています」

アンドレアはもういないのだから、そうした緊急の呼び出しの理由は限られている。

「病気かい?」

「理由はおっしゃいませんでした。ただ、急いで来るようにとのことです。ごようすから、どうも大事な用件のようです」

ひょっとしたらコリンヌがいきなり会いに行ったのかもしれない。ランスの体に冷や汗がにじむ。

「もっけの幸いと言うべきか、僕はまだレンヌにいるんだ。すぐそちらに向かう」

ランスはパリで弁護士と会う約束も忘れて、駐車場に向かって駆けだした。制限速度をすべて無視してアクセルを踏み、三十分後にはシャトーに着いていた。

驚き、そしてほっとしたことに、ジェフが正面玄関から外に出てきた。車のほうへ急いでやってくる姿は元気そのものだった。

ランスは父の目をさぐるように見た。父も息子の目をさぐるように見つめた。父の悲しそうに訴える目つきに、ランスは打ちのめされた。「いったいどうしたんだい? どうして僕を呼んだんだ?」

「それは、中にいる人が説明してくれるだろう」

ランスの体にふるえが走った。それがだれかぐらいわかっていた。

彼は激怒して車から降り、シャトーの中に駆けこんだ。

「コリンヌ!」

ローブに着替え、ランスを待つ間、横になっていたアンドレアは、夫のどなり声を体で感じた。それは緑の間の梁《はり》さえゆらすほどだった。

「そうじゃないんだ、ランス――」ジェフが階下であわてて呼ぶ声が廊下をつたって聞こえてきた。

アンドレアは枕《まくら》から頭を上げた。もう彼は来たの? どうしてこんなに早くパリから帰ってこられたのかしら?

「隠れても無駄だ、コリンヌ!」

アンドレアは起きあがり、ランスが許してくれないときのことを考えて、開けてあるドアのそばにふるえながら立った。

廊下を突き進んでくるランスの姿が見えた瞬間、彼が軍隊モード、つまり〝さがし出して破壊する〟精神状態にあるのがわかった。

〝私はあなたの敵じゃないのよ、ランス〟

ランスは両手で彼女の体をつかみ、自分が思っていた女性でないことに気づいた。

「アンドレア」彼は叫び声を押し殺した。幽霊を見ているような顔だった。真っ青になったことから、ショックを受けているのはたしかだ。「いったいこんなところでなにをしているんだ？　二時間たらず前に僕は君を飛行機に乗せたんだよ」

「あなたを一人にしては行けなかったの、ランス。あなたはあまりにも長い間、一人で苦しみを背負ってきたわ。そろそろお父さんと私にも協力させて」

「おまえの妻の言うとおりだ」ジェフがパーシーを従えてそばに来た。

ランスが傷ついた目でアンドレアをにらんだ。その目つきに、彼女は目がくらみそうだった。ランスは父親に言った。「僕の妻にそんな権利は――」

「もしおまえを心から愛している妻にそうする権利がなければ、いったいだれがそうしてくれるというんだ。たとえコリンヌがこの家の名誉を永遠に傷つけようと思ったにしても、そんなことをアンドレアも私も気にすると思うのかね。私たち三人が、そして神様が、本当のことを知っている。裁判など忘れるんだ。うちの弁護士に電話して、今すぐコリンヌに彼女の相続分をやるように頼んでおいた。裁判で彼女が勝つよりも大きな金額だろう。だから、もう裁判もなければ、マスコミが大騒ぎすることもないんだよ」

ランスは一瞬、目をしっかりと閉じた。「それは悪魔と司法取り引きをするようなものだ」

「アンドレアが言ったように、単に金ですむことだ。それに、もともと私がコリンヌに残すつもりだったものだ。あの子が私たちを悩ますことはもうない。もしこの家のだれかに近づくようなことがあれば、逮捕されるだろう。アンドレアは、おまえがわざわざパリまで行かずにすむようにしてくれたばかりか、この家を以前のように一つにしてくれたんだよ。私には、今日はここが〝喜びの砦《とりで》〟のように感じられる。みんなあなたのおかげだ、いとしい人《マ・シェリ》」ジェフはアンドレアの両の頬にキスをした。「さてと、おまえたちのことは知らないが、私はこのあと用があってね。さあ、おいで、パーシー」

アンドレアは部屋の中に戻り、ベッドの上でランスを待った。最初は、彼がついてこないのではないかと心配だった。

永遠とも思われるほど時間がたってから、ランスが青い目を不快そうに細めて見おろしているのに彼女は気づいた。

「僕の罪を洗いざらい君の口から暴露してくれたようだが、それなら、どうして僕を愛しているような印象まで父に与えたんだい？」

アンドレアの胸に息がつかえた。「だって、愛しているんですもの」

ランスは片手を首のうしろにやった。それは相手に危害を加えるのを避けるためのしぐさだとアンドレアは理解するようになっていた。彼には説得してあげる必要がある。

「あの夜、森で、私に恋が訪れたのよ、ランス。あなたの足音が聞こえて、最初は夜風に運ばれてきた動物の音だと思ったわ。そしたら、あなたの顔が見えたの。カメラをとりあげられたとき、あなたの手が初めて触れて、私はもう元の自分に戻れなくなってしまったの。あの暖かい夏の夜、私はあそこに長い間悲しんでいた独り身の女性として行ったのに、自分がなにを嘆いているのかわからなくなったわ。一度会っただけで、あなたは私を変えてしまい、私は自分の人生の方向を永遠に変えてくれる男性に出会ったことに気づいて、ふるえたの。ここに来て、ランスロット・デュ・ラック。初めて知る、えも言われぬ喜びにあなたといっしょに満たされてみたいの」

ランスは首にあてていた手をゆっくりと下ろした。まるでそれまで振りまわしていた目に見えない剣が重くなりすぎたかのように。「いつまでだい？　朝まで？」かすれた声で尋ねた。

「あなたにとって私が必要な限りよ。私がそれ以上求めても、こわがらないで」

二人の息が交わるところまでランスが顔を近づけた。「僕がそれ以上求めたら？」彼の青い目は熱く燃えていた。

アンドレアはランスの手をとり、胸にあてさせた。「わかる？」彼が息をのむ。「これはあなたのものなの」

ランスはベッドのアンドレアのそばに沈みこんだ。

アンドレアはさらに大胆になって、彼の手を下へ動かし、ふくらんできたおなかに触れさせた。「もうすぐ私たちの子供がおなかの中で動くのがわかるわ。この子はあなたにあげると私は約束したの。一日とか、一晩じゃなく、一生よ」彼女はランスの口元でささやいた。

愛されていることを知っている女性ならではの、やさしく自由な落ち着きをアンドレアは取り戻した。彼女の体を駆けめぐる熱い炎に火をつけたのは、愛する夫のふるえる体だった。

アンドレアはランスの首に両手をまわし、彼の頭を胸に抱き締めた。うれしいことに、ランスの髪はこの一カ月で長くなっていた。黒い巻き毛に彼女が指をとおすと、ランスが温かい彼女の体に顔をうずめた。

アンドレアはランスを熱く求めて、喜びの声をあげた。

ランスは妻への欲望に駆られて目を覚ました。彼は昨夜何度もそうしたように、アンドレアの美しい体を求めて手を伸ばした。

驚いたことに、ベッドの隣は空っぽだった。

緑の間には窓がない。ランスはパニックに襲われて、暗い中で手さぐりした。なんの気配もない。

僕は夢を見ていたのだろうか。枕をつかんで顔にあてると、まだ彼女の残り香がする。

ランスはいきなり体を起こした。「アンドレア！」彼は声をあげて呼んだ。マーリンに一晩だけ魔法をかけられたのだろうか。

「ここにいるわ」

廊下の照明の中に浮かびあがるアンドレアの姿を見て、ランスの心臓はまた激しく打った。彼女はトレイを手にしていた。

「もうすぐお昼よ、あなた《モナムール》。私の騎士はもう一つの欲望も満たす必要があると思って。そこのランプをつけてちょうだい」

ランスは催眠術にかけられたような気分で、言われたとおりにした。シャワーを浴びてさわやかに輝くアンドレアが、ドアを閉めて、そばに来た。

ランプのやわらかな光に照らされて、肩に垂らした茶色の髪にまじる金髪がきらめく。クリーム色のネグリジェの襟元からのぞく、頬骨の高い顔がピンク色に輝いている。それに、ベルベットのように深い茶色の目と、彼のためにあるかのような唇とがいっしょになって、アンドレアの美しさは王妃グィネヴィアにまさっていた。

アンドレアはトレイをベッドに置いてから、ランスの隣にひざまずいた。ランスが彼女の手をとり、てのひらに口づけをする。

「画家を雇って、君の等身大の肖像画を部屋中に飾れるほど描《か》いてもらうつもりだよ」

アンドレアはランスの口をキスで封じた。「そんなことをする必要はないわ。私はあなたのそばに、あなたの腕の中に、これからずっといるつもりだから。そしてこの子が生まれたら、三人でいっしょに〈ギャルリー・ブファール〉に行って、腰を振って歩くあのセクシーすぎる女性に嫉妬《しっと》させてあげましょう」彼女はトーストをかじった。

ランスはにやりとして、ベーコンを数枚まとめて口に入れた。「あの買い物のとき、ひょっとしたら君に愛してもらえるかもしれないと、僕は希望を持ったんだ」

「嘘《うそ》つき」アンドレアはささやいた。「あなたは最初から私の気持ちに気づいていたのよ」

ランスが卵を食べてから言った。「君が僕を受け入れようとしなかったときはつらかった。それで、君の愛を勝ち取るための作戦に出ることにしたんだ。どんなに時間がかかってもね」

「私が思い出すに、たったの四日間よ。恥ずかしいほど短かったわね」

ランスはアンドレアの視線をとらえた。「僕たちは紙の上では結婚した。だが、本物の結婚には、それ以上のものが必要なんだ。君の心の準備ができていないのに、僕はせかしすぎた」

アンドレアがジュースのグラスを置いた。「ちょっと待ってて。あなたに見せたいものがあるの」

彼女はベッドからすべりおり、旅行バッグからなにか取り出してきて、ランスに渡した。

それは、ランスがプレゼントしてくれた、生まれてくる赤ん坊のための成長アルバムだった。

「開けてみて、ダーリン」

ランスは表紙をめくり、最初のページを開いた。ページの上のほうに次のように書いてあった。〝僕の名前はジョフォア・リチャード・ファーロン・マルボア・デュ・ラック〟

その下のスペースは、赤ん坊の写真を入れるために空けてあった。

「次を見て」

二ページ目。〝僕のお父さん、リチャード・ファーロンをしのんで。僕に命を与えてくれたお父さんは立派な教授で学者だった。お父さんはフランス系カナダ人の末裔《まつえい》だった〟

アンドレアは亡き夫の異なる場面や、彼女といっしょに写っている写真を六枚、そこに入れていた。

ランスがリチャードを見たのはそれが初めてだった。濃いめの金髪をしたすてきな男性だった。リチャードとアンドレアはお似合いの夫婦に見えたが、写真の彼女はランスにはぴんとこなかった。それは、彼女の人生の別の時期に写したもので、ランスがまだ彼女の存在すら知らないときだった。

「次のページを見て」

ランスはアンドレアの言葉に従った。そのページを見た瞬間、彼の胸はいっぱいになった。そこには、軍服姿のランスの写真が入れてあった。精鋭部隊《エリート》に配属されてすぐ父に送ったスナップ写真を大きく伸ばしたものだった。

〝僕のお父さん、ランスロット・マルボア・デュ・ラック。お父さんはデュ・ラック公ジョフォア・マルボアの息子で、先祖はフランク王国のクローヴィスまでさかのぼり、偉大な王の血を受け継いでいる。お父さんはフランスのエリート部隊で名誉をかけて戦った〟

アンドレアがランスの肩に腕をまわした。「まだあるのよ」ページをめくると、ランスはまばたきをして、涙をこらえなければならなかった。

彼の目に飛びこんできたのは、二人の結婚式の写真だった。アンリが撮ったものに違いない。写真の中で、二人はたがいの目を見つめ、婚姻の誓いを述べていた。

ランスはそのページの上にある説明を読んだ。

〝お父さんは、僕のお母さん、アンドレア・グレシャム・ファーロンと六月七日に結婚した。それは心と心の結婚だったとお母さんが教えてくれた〟

エピローグ

「五十CC飲ませたら、そのたびに、げっぷをさせるのを忘れないでくれよ」

ジェフが驚いて息子を見あげた。それを見て、アンドレアが笑った。「私が赤ん坊をそばで見たことがないとでも思うのかね。ブリジットとアンリが手伝ってくれるんだ。さあ、さっさと出かけたらどうだ。やっとこの子と友達になれるんだ。二人で話すことが山ほどある。いずれ、この子は公爵になるんだ。公爵としての責務を教えてやるのに早すぎることはないだろう」

生後六週間たったが、アンドレアの赤ん坊は髪が一本も生えなかった。ランスは心配しているようだが、髪が生えはじめるまで数カ月かかるかもしれないと言うと、安心した。

赤ん坊は小さなかわいい顔と、しっかりした体つきをしていて、リチャードとアンドレアに半分ずつ似ていた。リチャードに似るとつらいかもしれないとアンドレアは思っていた。ランスがひそかにそれを恐れているのも知っていた。しかし、そういうことは起きなかった。この新しい命を前にして二人が感じるのは喜びだけだった。

ランスは息子の強さが自慢だった。ランスが指を差し出すとしっかりつかみ、引っこめようとしても放さなかった。彼はおむつの交換も喜んでしてくれた。それはなんとも思いがけない光景だった。

「もし僕たちに用があったら、リゾーの〈シェ・ジュリエット〉にいるからね」

ジェフが早く行けとばかりに手を振った。「おまえたちに用などない」

「アンドレアが授乳できるように十一時までには帰ってくる。ミルクはあまり好きじゃないから、少しあやして飲ませる必要があるんだ。頭のうしろをこすってやると喜ぶよ。だけど、そっとやってくれ」

「まったく、いいかげんにしてくれ」

ジェフはこのときを待ちかねていたのに、ランスが水を差しているのだ。ランスをここから引きずり出さなければ、二人の間に火花が散りそうだ。

「行きましょう、ダーリン。私たちのテーブルをいつまでも空けておいてはもらえないわ」

ランスが小さな息子にキスをして、やっと妻のそばに来た。「さあ、僕はすっかり君のものだよ」

車が森へ行く道へ曲がると、アンドレアはランスがなにかたくらんでいるという気がしてきた。「正直に言って。私たちはどこに向かっているの？」

「今夜は満月になるんだ。あの魔法の池で泳ぐと楽しいだろうと思ってね」

「一月に？」アンドレアの声が甲高くなった。「まさか、今夜、いっしょに泳ごうと言うつもりじゃないでしょうね」

「君が水の中で見るのが僕の顔だと証明したいんだ」

「あなたを愛している証拠がもっと必要なの？」

アンドレアの声が響き渡っている間に、ランスは車を道路からそらして樫《かし》の木の下にとめ、エンジンを切った。

次の瞬間、彼はアンドレアをしっかりと抱き締めていた。「証拠はいらない。僕はただ君を独り占めしたかったんだ。君を愛しすぎていてこわいほどだと言うためにね。わかるかい？」

ええ、わかるわ。

ランスを苦悩から解放してくれることがいくつか起きていた。コリンヌは完全に精神衰弱だと診断され、オデットは娘に専門医の治療をしばらく受けさせてやらなければならなくなった。

これを知って、ジェフは別の行動をとることにし、遺言からコリンヌの名を消した。しかし、病院の費用はすべて払ってやり、快適な暮らしを保証してやることには同意した。だがそれは、彼女がランスのことで事実を話せばという条件つきだった。ジェフがコリンヌを愛するにしても、息子の将来を犠牲にするわけにはいかなかった。

アンドレアとランスにとってうれしいことに、コリンヌはついに嘘《うそ》をついていたことを認め、過去を清算した。

軍事裁判に関しては、事実を突きとめるために、ジェフは優秀な弁護士を雇った。そしてほどなく、ランスに傷を負わせた女性は自分の嘘を認めた。

ランスのフランスへのはかり知れない功績を讃《たた》えて名誉勲章が与えられたとき、全国の人がそのことを新聞で知り、彼はブルターニュの名士となった。

ランスはマスコミに取りあげられるのをいやがったが、アンドレアは息子が喜ぶだろうと言った。

彼女も喜んだ。

愛する夫のために喜んだ。

ランスの首に両手をまわし、アンドレアはどんなに彼を愛しているか証明しにかかった。

どうやらこの調子では、朝まで赤ん坊のところには帰れそうにないだろう……。

●本書は、2008年9月に小社より刊行された『湖の騎士』を改題し、文庫化したものです。

小さな奇跡は公爵のために

2024年12月1日発行　第1刷

著　者　レベッカ・ウインターズ

訳　者　山口西夏（やまぐち　せいか）

発行人　鈴木幸辰

発行所　株式会社ハーパーコリンズ・ジャパン
東京都千代田区大手町1-5-1
04-2951-2000（注文）
0570-008091（読者サービス係）

印刷・製本　中央精版印刷株式会社

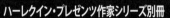